大預言者の力――
未来予知がバレたら
法律で恋愛禁止！
お一人様確定!?
二周目
大預言者
一周目
女子大生
「絶対隠し通してやる!!!」
大預言者は前世から逃げる
～三周目は公爵令嬢に転生したから、バラ色ライフを送りたい～
グラディス・ラングレー
三周目の転生で公爵令嬢になるも、二周目で得た大預言者の力も保持。日々、バレないように奔走中。名前を変えて、デザイナー兼彫金師としても活躍中。

予言でみた5人の青年。
でも、フラれるか死亡フラグしかない!?
キアラン・グレンヴィル
ハイドフィール王国の王子。性格は、沈着冷静で真面目。視野が広く観察力に優れる気遣い上手。予言では、こっぴどくフラれる相手。
ノア・クレイトン
宰相の孫。目端がきき、抜け目がない。情報通で、よくお忍びで町に出掛けることも。予言では、冷淡にフラれる。

マクシミリアン・ラングレー
ラングレー家次期当主であり、グラディスの義弟。感情表現が豊かで、素直な性格。修行中の見習い騎士。予言では……？
ルーファス・アヴァロン
アヴァロン家次期当主。真面目で努力家。素直な性格だが、融通の利かない頑固なところも。予言では、軽蔑の目で見られながらフラれる。
黒フードの男
魔法陣生贄殺人事件の現場で見かけた怪しい男。予言では、ナイフでめった刺しにされる。

「ううん。何でもない」
前世のことを考えると際限なく膨らむ恐怖。
涙で視界がぼやけ、咄嗟にキアランの肩に
顔を押し付ける。
何とか気持ちを立て直したけど、
王子様の礼服をハンカチ代わりにしちゃってた。
謝る私に素知らぬ顔で「何のことだ?」と言う彼に、
自然に笑顔が浮かんだ。

大預言者は前世から逃げる

～三周目は公爵令嬢に転生したから、バラ色ライフを送りたい～

寿利真

illust
雪子

口絵・本文イラスト
雪子

装丁
百足屋ユウコ＋モンマ蚕（ムシカゴグラフィクス）

Contents

プロローグ

馬車で人を撥《は》ねました。

ああ、何もかもむしゃくしゃするわ！　腹の立つことばかり。こんなにたくさんある馬車の中で、どうしてわざわざ私の馬車の前に飛び出すのかしら⁉

イヤガラセ⁉　イヤガラセなの⁉

あらん限りの罵詈雑言《ばりぞうごん》を浴びせ掛けてやらなければ、気が収まらないわ！

私は侍女のザラを振り切り、馬車から降りて、突進しました。怪我《けが》をしたのか、倒れている少年目掛けて。

そしてその光景を見て、思い出したのです。

私、グラディス・ラングレー公爵令嬢の人生は、三周目であることを。

第一章　二つの前世

私の記憶の中には、二つの前世がある。

一周目の人生は、日本の女子大生。

超体育会系一家だった。

お父さんは柔道、お母さんは空手の有名選手。

脳筋両親の下、三人の兄と一緒に、物心付く前から、それはもう絵に描いたような英才教育を受けていた。

道場を持つ両親から、それぞれの指導を平等に受け、小学校の半ばで兄達は柔道を、私は空手の道を選んだ。柔道も好きだったけど、熱過ぎるお父さんと兄ちゃんズから少しでも離れたかったからね。

小中高大と、兄弟それぞれが同時に全国制覇を成し遂げた。格闘四兄弟としてメディアでもちょっとした有名人。

おかげさまで、当時の私は、脳筋一家からの度を越した鬱陶《うっとう》しいほどの愛情表現と、暑苦しいまでの連帯感に悩まされたものだ。

何しろ末っ子の女の子だから、手の掛け方がハンパじゃない。

その上、厳しいトレーニング以外の余暇は、ほぼアウトドアで、やっぱり家族で鍛えまくる！

海に山にアスレチックにと、とにかく訓練じみたレジャーばかり！　っていうか、実際自衛隊の体験入隊も行ったしね！　私達アスリートなのに、どこ目指してんの⁉

家族の山登りに何でザイル持ってくの？　私達ファミリーだよ！　パーティーじゃないよ⁉

ホントなんなの、この肉体派一家！


私だって思春期の女の子だった。人並みにおしゃれとかもしたかった。しごきとかじゃなくて、普通に可愛《かわい》がって欲しかったわけだよ。

だけどそんな生活で、普通の体形なんて保てるわけがない。

試着室で遭遇したあの悪夢。可愛いキャミソールやミニスカートからのぞく、筋肉質な太ましい二の腕に太腿《ふともも》。

体脂肪率七パーセントの磨き抜かれた肉体美を前に、無言でハンガーに戻すしかなかった。

現実でおしゃれを断念した反動か、余計に女の子らしいもの、華やかなものに強い憧《あこが》れを持った。

流行のファッションは常にチェックし、せめて可愛い小物だけでもと集め倒し、少女漫画や恋愛小説に胸をときめかせていた。兄ちゃんズにバカにされるから、あくまでもこっそりと。

私生活は残念な半面、空手人生は順調そのもの。

スポーツ推薦で名門体育大に入学後、世界大会も優勝したし、大手警備会社にも入社が内定していた。

次のオリンピックだって、目指せるところにまで来てたのに……。

そこで、青天《せいてん》の霹靂《へきれき》だった。

文字通りの霹靂。

日課のランニング中、落雷——多分即死。

って、雷に直撃って、どんな確率よ！　私どんだけ天に選ばれてんの⁉

うざいけど愛情に溢《あふ》れた家族、努力で勝ち取った栄光、前途洋々の未来——そんなものも一瞬で霧散。

こうして私の一周目は呆気《あっけ》なく終わった。


そして二周目。

何故《なぜ》か転生したのは、剣と魔法の世界。超人的な騎士や魔導師が、危険な魔物を倒しまくる、まさに王道ファンタジーな王国！

ところが、生まれ育ったのはスラムっぽい場所。運が悪過ぎる。

貧しくも強《したた》かに、日々の生存競争に励むストリートチルドレンの一人が新しい私だった。

名前はザカライア。一体誰が付けたのか、完っ璧に男の名前じゃねーか！　ここでも女子らしさは諦《あきら》めろってことかい⁉

とにかくここでは生きていくのが精一杯。

脳が未発達だった乳幼児期は、まともな思考力なんてなかったし、教育なんて受けられるはずもない。

頭に浮かぶあるはずのない記憶の意味に気が付いたのは、五～六歳になった頃《ころ》だった。

――あれ、これ、異世界転生やっちゃってる⁉

気付いた時の激しいガッカリ感。

こーゆーのって、貴族とか魔女とかに生まれ変わるのがお約束なんじゃないの～⁉　せめて悪役令嬢でもいいからさあっ！

何故にストリートチルドレン⁉　前世は家庭内底辺だったけど、今世は社会的底辺への見事な急降下！

物語であんなに憧れた、お姫様や騎士は⁉　賢者に魔法使いは⁉

そんなもの、ここにはいねえ！

実在はするらしいけど、接触できる環境にない！　接点なんて皆無！

そしてロマンよりもまずメシだ‼　――そんな生活。

まあ、前世の記憶が完全覚醒《かくせい》してからは、それなりに培った世渡りの知恵と格闘技術で、そこそこ生きやすくはなった。

何しろここには、魔導師も騎士もいない。柄は悪いけど基本的には一般人ばかり。特殊能力があったらこんなとこで燻《くすぶ》ってないって。

スラムの住人から見たら、子供のくせに悪知恵が回る上、見たこともない技で大人も出し抜く私の方が、よっぽどタチが悪かっただろうね。

こんな環境じゃ、前世での憧れだったおしゃれや、女の子らしい趣味を楽しむ余裕なんてない。せっかく日常にドレスのある世界なのに、指をくわえて見てるだけ。

はあー、ほんとガッガリ感ハンパねえ。

だけどせめて、底辺なりにも素敵な恋愛くらいは期待してたんだけど……。

まさか、そんなたった一つの希望までぶっ飛ぶ落とし穴が用意されていようとは……。


きっかけは、二〜三年に一度ある『子供狩り』。

国から兵が派遣され、スラムの子供を片っ端から捕まえていく。そして何人かはそのまま連行されて、二度と帰って来ない。

というと、国家ぐるみで人攫《さら》いしてるようだけど、実はそう悪い話ではない。

基本的に魔力を持って生まれるこの世界の人の中でも、一定水準を超える才能の持ち主となるとそう多くはない。

そこで定期的に国中の子供の魔力測定を行って、規定以上の力が確認された子供には、身分の別なくより高い教育が施されることになっている。

ところがスラム育ちはそんな事情知らない。告知の文字も読めないわ、疑り深いわ、あるのは捕まるかもしれないという危機感だけ。

私は仲間の子供達を率いて、敵を組織的に散々引《ひ》っ掻《か》き回してやった。

ブービートラップを仕掛けたり、嘘《うそ》の噂《うわさ》をばら撒《ま》いて攪乱《かくらん》したり、忍び込んで兵糧《ひょうろう》を汚水まみれにしてやったり、厩舎《きゅうしゃ》の馬を片っ端から逃がしたり。その他にも、街中を巻き込む勢いでちょっとやり過ぎたかもしれない。

なにしろ前世で、あのアウトドア一家に色々仕込まれてるから、意外に経験値豊富。サバイバル技術、腕に覚えアリ！　人生何が役に立つか分からんね。

ザイルの結び方、役に立ったよ、お父さん！　屋根からのラペリングも大活躍だったよ、自衛隊！

最終的には現場の手に負えず、王都から偉い人が来て作戦の指揮を執るまでに。

ちなみにその年の攻防戦は、『スラム街の悪夢』として、伝説に残っているらしい。

今思うとホント、悪質だったたわ。ついついやり過ぎちゃう悪いクセが。兵隊さんゴメンナサイ……。

まあ結局は捕まった。そして大暴れの後で、初めて知る真実。

いざ魔力測定の段には、そりゃあワクワクしたものですよ。

ひょっとして私も魔法使えるっ⁉　って、やっぱ期待するでしょ。

そう思ったのには根拠がある。特に魔法を使えたことはないけど、私はとにかく異常にカンがよかった。

前世でもそうで、空手の試合中とか、対戦相手の攻撃を予知してるのかって言われるくらい当たらなかった。

それがこの世界に転生してから、更に神懸ってる。百回ジャンケンしたら、確実に百回勝つ。相手の次に出す手が、頭の中に浮かぶのだ。

私が大勢の追跡者を翻弄《ほんろう》できたのも、この先読みのせい。

測定結果――ハイ、魔力ゼロ！　皆無です！　そんなこと、あり得るの⁉

そして、他の仲間が解放される中、私は一人だけ残された。

そりゃ、今回の大騒動の主犯だもんな……。

どんな処罰が下されるのかと身構えたら、思いもよらない話を持ち掛けられた。

魔力ゼロってのはやっぱり、逆にものすごく特別なことらしい。詳しく調べたいから、王都に連れて行くという。私に選択肢はないわけね。

まあ、一生スラムで燻ってるよりは、何がしかのチャンスには恵まれるかもね。

こうして突然訪れた転機は、この先途方もない光と影を、同時にもたらすことになる。

栄華と、孤独に彩られた生涯――それが、私の「二周目」だった。

◆◆◆

一瞬の出来事に、呆然《ぼうぜん》と立ち尽くした。

馬車から飛び降りた数秒後、一周目、二周目の記憶が、洪水のように脳裏に溢れ出す。

そう――公爵令嬢として三周目の人生を迎えてしまった私、グラディス・ラングレー。

二度目の覚醒は、前回以上に、背筋に嫌なものが走った。

生まれた場所とか環境とか、なんだか色々とマズイ状況になってる。せっかく今度は貴族に生まれたのに、同時に特大の厄介の種を抱え込んだまま転生してしまった。

なんで前世の記憶なんて思い出しちゃったんだ。いっそ気付かないまま、まっさらな人生を平穏に送りたかった。

いや、でも、何の予備知識もないままより、知ってる方が対応策が取れるのか？

一周目はまだいい。多少の不本意はあっても、栄光に満ちた、けれど普通の人の人生だった。

でも、二周目は違う。

自分のことを何も知らなかったから、軽い気持ちで王都に連れられて、逃げる間もなくあんな人生になったんだ。もし知ってたら、どんな手を使っても外国までだって逃亡してた。

もうあれの二の舞なんてごめんだ‼

何がマズイって、二周目の私は、国家において歴史的偉人だったのである。

◆◆◆

王都に連れて来られた二周目の私、ザカライア。

スラムのストリートチルドレンが、何故か王城まで連行された。

色々な大人に囲まれて、ひっきりなしに質疑応答やら検証が続く。

なんだか、私の理解の及ばないところで、とんでもない事態がすさまじい勢いで進行しているのが分かった。

そして数日後、私に一つの肩書が与えられた。

――大預言者だって……。

――そもそもの疑問。大預言者って何？　預言者とは何か違うの？

どちらにしろ、魔力がまったく計測されないって共通点はあるそうだ。その理由は分かっていない。

一説によると、本来備わっている膨大な魔力の全《すべ》てが、予言能力ただ一点のみに完全にアウトプットされているせいとも言われているとか。

とにかく十年に一人現れるかどうかっていう、レアな存在がこの国の預言者らしい。

それが大預言者ともなると、なんと三百年に一人の超逸材！

う～ん、預言者かあ。あ、いや、大預言者かあ。

でも、なんか、ビミョ～？　だって、肝心の魔法は使えないんだよねえ。

後方でこそこそやってそうな感じ？　私、突撃タイプだと思うんだけど。

それで何すりゃいいの？　前世だと、占い師に頼る政治家とかいたらしいけど、そんな感じ？

内心でそんなこと考えてたら、マジだった。

本来、スカウトされた一般の子達は、庶民よりも上のレベルの高い教育が、能力に応じて施されることになる。騎士や魔導師、その他特殊な専門職とかね。

ところが預言者となると、王侯貴族と同じ教育を受け、将来国家運営の一翼を担う立場になるらしい。大預言者ともなれば、王様より遥《はる》かに価値があるとか。

ちょっとどうなの、それ？　自分で言うのもなんだけど、私も立派な脳筋よ？

空手と趣味ばっかで、勉強なんてろくにしてこなかったから、内政チートとかできないよ？

大学だってスポーツ推薦だからね。教員免許は取ったけど、もちろん保体だよ？　国家運営に保健体育の項目ってあったたっけ？

とか思ってたら、インスピレーションがものをいう役職だから、頭脳や思考はあんまり関係ないんだとか。それもなんか腹が立つんだけど。

まあ、今よりいい暮らしができるなら、何でもいいんだけどね。いや、むしろチャンス⁉　ここでなら、生活に追われるどころか、むしろ貴族扱い。おしゃれや恋を謳歌《おうか》できるんじゃね⁉

大預言者と騎士の恋とか、超～高ぶる～うっ‼

……なんて、皮算用をしていた時期もありました……。

妄想が崩れ去るのなんて一瞬だね。

なんと預言者は、恋ができない‼

ここ大事なのでもう一回言います‼　あろうことか私は、恋愛を法で禁止されてたのだ‼

もれなく義務付けられる生涯独り身の掟《おきて》。インスピレーションを研ぎ澄ますためには、伴侶《はんりょ》は不要なんだとか。

トホホとしか、言えねえ……。

一周目に続いて、二周目、早くも喪女決定かいっ⁉

弱冠七歳の時のこと。

こうして失意のうちに、私の大預言者人生は幕を開けた。

王城内に住居を用意され、衣食住に高い教育と何不自由ない生活。

食べるものにも困ってた私の新しいお友達は、今や王子様やお偉いさんのご子息ときた。いきなり最底辺から、頂点に。預言者と大預言者の違いも、理解した。

この国の預言者というのは複数いて、集団で厳密な儀式を行うことで、必ず当たる予知を可能にする。

大預言者とは、それを単独で、しかも自在に行える。

しかも運命の分岐点ごとに、パターン別の未来が映像付きで脳内に再生され、その中から最善の未来を選び取ることができる。

預言者は未来を予言するだけだけど、それに対して大預言者は、複数の未来から望む結果を手繰り寄せることができるのだ。

――うん。これ、私、確かに大預言者の方だわ。

スラム時代から、大分この能力にお世話になった。どの道に逃げたらどうなるかとか、誰《だれ》と組めば望む成果を得られるかとか、安全性の怪しい木の実やキノコをもし食べたらとか、結果が全部頭の中に映像で流れる。

だけど神なんてまったく信じてない私が預言者ってのも、なんだか変な感じ。意味的には予言者なんじゃないの？

慣習的な呼び名なのかな？

大預言者が確認されたのは、歴史上では、約六百年前に初代国王の建国を支えたガラテア、三百年前に復活し掛けたドラゴンを再び封印したデメトリアの二人だけ。

私は史上三人目。まさに三百年に一人の超貴重種だ！

恋愛禁止、華美な服装も控えろ、職業選択の自由なしって時点で、嬉《うれ》しくはないけどね。

実は内心、せっかくなかなか可愛《かわい》く生まれたことだし、こっそり彼氏作ればいいやとか思ってた。

だけど、それは無理だった。

預言者を汚した者は、国家的財産を棄損したとして、男女問わず国家反逆罪で極刑に処されるんだって。しかも預言者自身はお咎《とが》めなし。

そんな針のムシロありますかっ⁉　分かってて、手え出せないでしょ⁉　私が殺したみたいじゃん！

まったく有り得ない悪法だよ‼

とにかくこれで、ホントに私のお一人様人生は確定。

……おしゃれと恋愛以外の生き甲斐《がい》を探しましょうかね。


とはいえ、ガッカリで始まった二周目の人生。

なんだかんだで大勢の友人ができて、充実した学生生活を送れた。卒業してからは、やりがいのある仕事が待っていた。

穏やかな王子様のコーネリアスは、昔も今も私の癒《いや》し。負けず嫌いな宰相子息のアイザックは、遠慮なく張り合うこともあれば、本音で語り合ったりもする仲。幼馴染《おさなな じ》み達との関係は、大人になり、それぞれの責務を負うようになっても変わらなかった。

生活に不満があったわけじゃない。

それでも、どうにもモヤモヤとやり切れない時はあった。私はこのまま恋もせず生涯一人で生きていくのか……。せめて子供でもいれば……。

そこで、はっと閃《ひらめ》いた。そうだ、子供に関わる何かをすればいいじゃないか！

この世界に幼稚園の先生的な仕事ってあったっけ？　いや、私に幼児のお世話は無理だ！　精神レベルほぼ一緒だからね！　おもちゃの取り合いとか普通に混ざるかもしれない！

よし、母校の教師だ！　子供というにはちょっとデカいけど、細かいことは気にするなっ。

王城入りして以降、歴史書に大ハマリで読み漁《あさ》ってたから、歴史なら下手《へた》な教授より詳しい。

だって、隣国との魔法戦争とか、伝説の騎士団の魔物掃討戦とか、王とメイドの禁断の恋とか、どう考えてもラノベだろっ！　って、内容が、史実としてあったんだよ？

中身は盛ってるだろうけど、全部実際にあったってことだよ？　萌《も》えるでしょ〜〜〜!?

戦国時代とか新選組とかにハマる歴女の気持ちを、転生して初めて理解したわー。

どうせ現実は王城が生涯のねぐらで、派手な冒険もないし、恋愛とも無縁。身分のせいでちょっとしたお出掛けもままならない。せめて物語にくらいどっぷり浸《つ》かってたってバチは当たらないってもんでしょ。

そんなわけで、王城の図書館の歴史関係は読破してた。うっかりハマると、徹底して極めちゃう性質は、転生しても変わらない。

更には国政に関わる以上、高い教育も受けてきた。政治経済・地理・国際情勢の社会系、農業・畜産、気候・地形とか、自然科学系もイケる。

その上前世では、保体とはいえ教員免許（高校）持ち！　なおかつ脳筋だった前世と違って、今の頭脳はずば抜けて優れている。さすが大預言者！

なんだ、私、適任じゃないか‼　泥船だろうが、巨大さだけは超ド級だぜ‼

この大預言者様が、迷える子羊達を導いてやろう‼　もっかいあの学園に舞い戻って、遊び倒したらあああ‼


こうして大預言者という本業の傍ら、学園の教師という二足の草鞋《わらじ》を履いた生活を、周りにゴネ倒して勝ち取った。

この教師という仕事、私の性に合っていたようで、それから三十年に亘《わた》って続けることになる。

そして私の薫陶を受けた教え子を、国家の中枢に次々と送り出していった。


これが私の、二周目の人生。

そこで終わってくれて全然構わなかったのに、残念ながらいつの間にか始まっちゃってたわけだ。

人知れず……って言うか、私自身すら知らないところで、グラディス・ラングレーとしての、三周目の人生が……。

第二章　三周目は公爵令嬢

私はラングレー公爵家の一人娘、グラディス・ラングレー。十歳。

お父様のトリスタン・ラングレー公爵は、この国最強の騎士。今日も領地で、領民を守るために魔物と戦っているはず。

一方の私は、お父様の弟にあたるジュリアス叔父《おじ》様に連れられて、王都のハックワース伯爵家の庭園でお茶会中。

でも、このお茶会、少しおかしい気がするわ。同世代の女の子が、ちょっと多過ぎないかしら？

そこでふと、母方のお祖父《じい》様ギディオン・イングラム公爵の「まだ、早過ぎるんじゃないか？」という言葉が脳裏に浮かぶ。

ああ、王子様の婚約者の見定めと言ったところかしらね。まあ、どうでもいいわ。

私の今日の目的は、新しいドレスの初披露。

ドレスと靴は、王都で目下人気急上昇中のマダム・サロメのオーダーメイド。そしてアクセサリーは、新進気鋭の天才彫金師アイヴァン渾身《こんしん》の作品の数々。当然どちらも最新作よ。

これを見せびらかすことができればそれでいいの！　そのためだけに来たの！

私はおしゃれが大好き。ああ、素敵な装いに身を包んでいるだけで、どうしてこんなに楽しいのかしら。

ただ、そんな気分に水を差す子がいる。

誰だったかしら？　興味がないから名前も知らないけど、さっきから自分のドレスの自慢をしているわ。

お母様が今日のために選んで下さったんですって。あなたのドレスもお母様のお見立て？　ですって。

私の着るものはすべて私が決めてるわ。他の誰かになんて任せるわけがない。

「ドレスは素敵ですけれど、あなたのお母様は、あなたに似合うかどうかまではお考えにならなかったのね」

なんとなくカチンときて、思わず口に出してしまう。

「あなたのようなふくよかな方に、そのピンクは合いませんわ。そのハイウエストの切り替えも体形のせいで美しいシルエットが出せてませんし、二の腕を誤魔化《ごまか》すためのパフスリーブは逆に肩幅の広さを強調してしまっていますわね。スカートも、多過ぎるギャザーが豊か過ぎるヒップをカバーするどころか、逆にやぼったさを……あら、何故《なぜ》泣いていらっしゃるの？」

わけが分からないわ。私は悪いところを指摘してあげただけなのに。よりよくしようとは思わないのかしら？　これだから軟弱なお嬢様は嫌なのよ。すぐ泣くから面倒。

「お取込み中のようですわね。私はこれで失礼しますわ」

私はさっさと移動しましょう。これ以上ここにいたら、悪者にされるもの。

何故かいつもそうなのよね。自慢のお母様にでも慰めてもらえばいいわ。

ああ、腹が立った理由が分かった。

あの子、私にお母様がいないことを知っていて、わざと自慢していたのね。

人に喧嘩《けんか》を売るのが好きなのかしら。もっと有意義なことに時間を使えばいいのに。

もうドレスを見せびらかす目的も済んだし、さっさと帰ろうかしら。やりたいことはたくさんあるのよ。

あら、あの子、きれいな黒髪ね。背も高くてスレンダーなスタイルも素敵。

エンパイアラインは、ああいう子でないと着こなせないのよ。でも今着てるドレスはいまいちね。明るい青がよかったのに。きっともう少し年齢が上がったら、ホルターネックのマーメイドラインも似合うわ。

考えながら少し歩いたところで、もの言いたげな男の子と目が合った。

あら、なんてきれいなの。神秘的な紫色の瞳《ひとみ》――まるでアメジストだわ、珍しい。透明感溢《あふ》れる二つの宝石、実に素晴らしい芸術品ね。

足を止めて、至近距離から引き込まれるように見つめてしまう。美しいものは大好き。いくらでも見ていられるわ。

「……なんで、あんな意地悪を言うんだ？」

少し気まずそうに、それでもしっかりと言葉と視線を返してくる少年。

「意地悪？　なんのこと？」

「ティルダ嬢への暴言だ」

「……誰《だれ》？」

「……さっきのピンクのドレスの」

「ああ、あの方。それで、何が意地悪ですの？」

「泣かせていた」

「泣くのはあの方の自由です。私が泣けと命じたわけではありませんし」

「わざわざ言う必要のないことを言っただろう」

「本心は口にしてはいけない？　そういうのは大人になってからにしますわ。私、きれいなものならきれいと言いますもの」

この子も私を悪者にして責めたいのね。相手にするのも馬鹿馬鹿しいし、もう行きましょう。最後に、一目見た時から気になっていたことだけは、言っておきたいわ。

「ああ、あなた。その栗色のウイッグは似合ってませんわ。あなたなら、赤い髪が似合いそうね。血の色のような深紅よ」

少年は驚いたように目を見開いたけど、後は知らない。早々に叔父様の元へと行ったから。

叔父様はまだお仕事のお話があるそうなので、私だけ一足お先に帰宅させてもらうことにした。私の我儘《わがまま》をいつも聞いて下さるから大好き。女性にも大人気の、自慢の叔父様よ。

私は侍女のザラだけ連れて、帰りの馬車の中へ。

「まあ、なんてことでしょう！　お嬢様、お召し物に……」

馬車が走り出した時のこと。私のスカートの裾《すそ》を見て、ザラの驚きの声が響く。どう見ても故意に掛けられたとしか思えないほど広い範囲に、紅茶のシミが広がっていた。

「ティルダとやらの一味の仕業ね。こんなイヤガラセをするなんて！」

ああ、はらわたが煮えくり返るわ！　私がこのドレスにどれだけ手間暇をかけたと思っているの⁉

こんな卑劣で性格の悪い女の子に、私が意地悪をしたですって⁉　あの少年の節穴な目にも腹が立つ。

そんな私を乗せた馬車は、門を出て間もない大通りで、脇道に曲がった途端、急停止した。御者の悲鳴とともに。

その勢いで、私は椅子から滑り落ちる。おしりが痛い……！

馬車で人を撥《は》ねました。

ああ、何もかもむしゃくしゃするわ！　腹の立つことばかり。こんなにたくさんある馬車の中で、どうしてわざわざ私の馬車の前に飛び出すのかしら⁉

イヤガラセ⁉　イヤガラセなの⁉

あらん限りの罵詈雑言《ばりぞうごん》を浴びせ掛けてやらなければ、気が収まらないわ！

私は侍女のザラを振り切り、馬車から降りて、突進しました。怪我《けが》をしたのか、倒れている少年目掛けて。

そしてその光景を見て、思い出したのです。

私、グラディス・ラングレー公爵令嬢の人生は、三周目であることを。

◆◆◆

その場に立ち尽くし、思い出した。

二周目の人生、ザカライアとしての最後の夜が、一瞬で頭の中を駆け抜ける。

大預言者の生活も、すでに半世紀近くを経てからのこと。

あれは、王城で出会って以来の幼馴染みだったコーネリアス王が、急逝したばかりの頃《ころ》だった。

王子のエリアスはまだ若く、突然の王位継承に王城の誰もがてんてこ舞いだった。コーネリアスと同じく幼馴染みである宰相アイザックとともに、新体制作りに奔走していた。

やっと一息つけたのは三か月後。

学生時代にお忍びで通った下町の店で、柄にもなくアイザックと二人きりの追悼会を開いた。しんみりと呑《の》みながら、半世紀近い思い出を語り合い……その帰り道の出来事だった。

私が死んだのは。

一人で歩く暗い夜道には、雪がちらついていた。このタイミングで護衛とはぐれたのも、今思えば、一周目の雷と同じく、そうなる運命だったせいなんだろう。

下町の裏道にはそぐわない、ずいぶん立派な馬車が走ってきた。多分近道なんだろうけど、それにしても飛ばし過ぎだ。

そして無理に鞭《むち》を入れられた馬は、雪に足を滑らせて、脇《わき》によけていた私を撥ねた。


えええええええええええっ！！？


驚く間もなく体は宙を舞い、地面に激しく叩《たた》き付けられる。死ぬほど痛くて苦しい。

――これダメなやつだ。ホントに死ぬ。ああ、アイザックとの追悼会はフラグだったのか、なんてどうでもいい考えがよぎる。

御者は馬車を止め、慌てて私の元に駆け寄った。

「だ、大丈夫ですか⁉」

いや、このザマで大丈夫だよと笑顔で立ち上がったら、あんた逆に引くでしょう。完全にゾンビだよ。

息が苦しくて、まともに声も出せない。肺をやられてる。

ああ、まだやることはたくさんあるはずなのに。

私はここで終わるのか……。

なんとかエリアスの地盤だけは固め終えてて、よかった。

独り身の一生ではあったけど、仲間にも教え子にも恵まれて、にぎやかでなかなかいい人生だったんじゃないかな。

少なくとも前世とは違って、やり遂げた感はちゃんとある。教師として、大預言者として、たくさんの人間を育てられた。生涯を捧《ささ》げられる仕事に巡り合えた。

国王に次いで大預言者を失うとなると、しばらくはまた混乱が続くかな。でも、ちゃんと次の預言者も育ててる。私の自慢の教え子達だから、きっとなんとかなるだろう。

私は世にはばかれるレベルの憎まれっ子でもなかったらしいな。一足お先にってとこか。後は任せた。頑張れ、アイザック。お前が一番の憎まれっ子だ。思う存分世にはばかれ。

苦しみの中で、最後の感傷に浸る。

「ちょっと、何をやっているの⁉」

後ろからヒステリックな怒声が聞こえた。馬車から着飾った少女が降りてくる。はっと見惚《みと》れるほど美しい顔を歪《ゆが》めて、激しく怒ってる。

ああ、そもそも君が急がせたんじゃないの？　全部使用人のせいにしちゃダメだよ？

なんて考えたのは、私の勘違いだった。

「早く出しなさい！　劇が始まっちゃうわ‼」

おおおおおいいぃぃぃぃっ！！！

それで近道飛ばしてたんかい⁉　しかも轢《ひ》き逃《に》げ推奨かいっ！！？

その瞬間、大預言者としての私の人生、最期の予言がいくつか降りてきた。

美しく輝くプラチナブロンドの髪に、澄み渡る空のような青い瞳。女神のように完璧《かんぺき》な美貌《びぼう》。あ、目の前の少女の未来か。

一パターン目。

少女が、赤い髪の青年にこっぴどくフラれている……って、おい‼　私の人生最期に、なんでお前の色恋沙汰《ざた》なんか見せてくれてんだよ‼

二パターン目。

少女が、水色の髪の青年に冷淡にフラれている……またかい⁉　お前またフラれてるぞ‼　いい加減にしろ‼

三パターン目。

少女が、金髪の青年に軽蔑《けいべつ》の目で見られながらフラれている……ハイハイ、どんだけフラれる気ですか⁉

四パターン目。

少女が、銀髪の青年に……って、もういいよ‼　こんだけ性格悪けりゃ、いくら圧倒的な美少女だって、ぶっちぎりでフラれるだろうよ‼　ハイ、次っ‼

五パターン目。

少女が、黒いフードの男に殺される……。

はああああっ⁉　ちょっ、まっ、なっ……‼

いやいやいや、最後のおかしいでしょ⁉　ナイフでめった刺し⁉　いきなり飛び過ぎでしょ⁉

いくら性格が最悪だからって、何も血祭りに上げんでもっ……。

見たところ十五〜十六の女の子だし、学園入学前の子？　まだ、更生の余地はあるかな⁉　その運命は、自分の行い次第でいくらだって変えられるんだよ⁉

よし、ザカライア先生の最後の指導だ。派手に道化を演じてやろうじゃないか。

私は、激痛に悲鳴を上げる体に鞭打って立ち上がり、血だらけの顔を歪めながら笑った。

「……お待ち……。おまえ、に……非業の、死の呪《のろ》いを、与え、よう……。これから、お前が罪を、重ねるごとに、呪い、は、積み重なって、いく……。やがて、もだえ苦しんで、死ぬ、だろ、う……」

荒療治だね。もう時間がないから。いかにも優れた魔導師みたいな立派なローブ姿の女から、血まみれで呪われたら、さぞや恐ろしいことだろう。そもそも私に呪う力なんてないけどね。魔力ゼロだし。

少女は悲鳴混じりに顔を引きつらせている。

これで、悔い改められればいいんだけど。

少女は御者を怒鳴りつけて連れて行き、逃げるように馬車に乗り込んだ。

そして誰《だれ》にも知られないまま、馬車は慌ただしく走り出す。

――ダメだったか……？

少しでも反省してくれてれば、まだ見込みはあるんだけど……。

そのまま平然と観劇に行くような人生を続けるなら、それまでだな……。

――後は……そうだ、アイザックに伝え忘れた予言があった。遠くない未来、魔物が増えて、凶悪化していくビジョンが見えたんだった……。

それと、ああっ、あの子の指導が、これからだったのにっ……。

ええと、後は――。


いくつかの心残りを思いながらも、そこで意識が途切れた。

――そして、私の二周目の終わりとともに、三周目が始まる。

◆◆◆

うわあああああああ、思い出したよ私！　また転生してるじゃん‼

しかもこの三周目、かなり綱渡りなマズイ状況になってる⁉

ってゆーか、人撥ねてるよ！　今はそれどころじゃなかった！

考えるのは後回しにして、慌てて少年の元へと駆け寄る。

「ちょ、ちょっと、君、大丈夫⁉」

ああ、撥ねる側に立ってみて初めて分かった。こういう時、この言葉しか出てこないわ。いやいや、そんなこと思ってる場合じゃないって！

白っぽい水色の珍しい髪の少年は、驚いた様子で尻《しり》もちをついていた。私と同じ年くらいだろうか。

「ケガは？　頭打ってない？　どこか捻《ひね》ってる？　とにかく馬車に乗って。うちに来なさいっ。医者を呼ぶから！　ああ、それよりすぐそこの伯爵家に戻った方が早いか！」

慌てて少年の腕を掴《つか》み、ぐいぐい引っ張る。

「大丈夫っ、大丈夫だから！」

気を取り直した少年は、ぱっと立って見せた。

「でも、後からどこか悪いとこが出たりすることもあるから、とにかく一緒に来て⁉　ああ、怪しい者じゃないからね⁉　ラングレー公爵家って知ってる？」

「ああ、本当に、大丈夫だから……」

少年は困ったように笑った。

「驚いて下がった拍子に、躓《つまず》いただけだよ。馬には当たってない」

本当に大したことなさそうな様子で埃《ほこり》を払う姿に、やっと少し落ち着いた。

「ああ、よかった。一応何かあった時のために、名前聞いておいてもいい？」

困惑気味の少年は今度は面白そうに笑った。グレーの瞳《ひとみ》で、私の顔をのぞき込む。

「君、そこのハックワース伯爵家のお茶会からの帰りでしょ？　すごく目立ってた。でも帰るのちょっと早過ぎない？」

「じゃあ、君も？」

「そう。で、こっそり抜け出して遊びに行くところ。だって王子様の婚約者選びに、僕は関係ないでしょ？　うるさいお祖父様の目を盗んで出てきたから、今日のことは内緒ね」

そう言って、少年は軽やかに駆け出して行ってしまった。なんだか、すごく手慣れてる感じがする。衣装だって、普通の町の少年風だったし。どこで着替えたんだろう？

まあ、あの様子なら大丈夫だろう。

ようやく安心して、私は馬車に戻った。私の突然の豹変《ひょうへん》に、ザラが困惑しているのが分かるけど、それは無視させてもらった。


――だって……考えることが、多過ぎるでしょぉおおおおおおお！！？


なんかこの三周目、二周目とかなり距離近くない！？？　生活領域かぶり過ぎ‼

ちょっと年食ってるけど、知った顔と名前、多過ぎるんですけど！？？

さっきの水色の髪の男の子、どう見ても子供時代のアイザックじゃね！！？

ああっ、まさかうるさいお祖父様ってアイザックのことか！！？　確かあの時、娘が妊娠してたはずだけど、その子か！！？

――とにかく落ち着け。まずは、現状を整理しよう。

私は、グラディス・ラングレー。十歳。前世は大預言者ザカライア。

父親はトリスタン・ラングレー公爵。

ハイ、教え子です！　教師時代に散々手こずらされた最強の問題児です！　だあああああああああああああっ！

――はあ～、まさか、トリスタンの娘に生まれるとは……。


あいつは生徒として出会った時から、頭の中が百パーセント、魔物退治でできてた少年だった。この国でもとりわけ魔物激戦区とされる、ラングレー公爵家の跡取り。

基本素直で率直、気性も快活な子なんだけど、とにかく魔物狩りが大好き。人生最大の娯楽で、それさえあれば他に何もいらない。なにより英才教育の賜物《たまもの》の上、自他ともに認める戦闘の天才。入学時からすでに異常に強かった。

物心ついた時点から、もう人生をはっきり決めちゃってるタイプだったんだよね。必要ないと判断したものは、ハナからスッパリ切り捨てて。そういう生き方も、それはそれで幸せなんだろうけど、もったいない気もした。

テストはことごとく、落第点。いくら絞られても全然気にもしない。この子はこれでいいのかと、白旗を上げたくなったものだ。多分、私が変えるべきものではないんだろうと。

ちなみに二人の弟はとてもまとも。まだ就学前だった三男に至っては、当時からすでに学問分野の天才として名が知られていた。ジュリアス叔父《おじ》様のことだけどね。とにかくイっちゃってるのは長男だけ。それは一児の父となった今もあんまり変わっていないのが、元教師としては複雑なとこだけど……。

しかも今の私、信じられないことに『お父様』大好きなんだよね。強くてイケメンで甘やかしてくれる。小さい女の子には最高に自慢の父親。

昔は頭の中百パーセント魔物しかなかったのに、今は十パーセントくらい娘《私》に置き換えられてるからね。あいつにしては上出来だよ。

そんで、母方のお祖父様が、ギディオン・イングラム公爵？

酒飲み友達じゃねーか‼　学生時代の相棒だよ！　二人で組んで、学園最強の名をほしいままにしてたよ！　マジでどうなってんの⁉

まさか、奴《やつ》がお祖父様か……。ホント、世の中何が起こるか分からねえ……。

それにしても、こんな超至近距離に転生するとかあるの？　またしてもどんな確率？　なんで教え子と友達のとこ？　ってゆーか、私の周りってやっぱり脳筋ばっかか‼

まあ、その辺は思うところがないわけでもないけど、とりあえず良しとしよう。

なんだかんだ言っても、公爵令嬢はかなりの『当たり』だ。おかげで念願のオシャレ三昧《ざんまい》が叶《かな》って、かなり嬉《うれ》しい。

なにより特筆すべきことがある。

それはこの容姿！

光り輝くサラサラゆるふわなプラチナブロンドの髪。空を映したような澄んだ青い瞳。白く滑らかな肌に、現時点ですでに七頭身近い華奢《きゃしゃ》なスタイル！　鮮やかな唇に完璧な造形の容貌《ようぼう》‼

ああ、天使⁉　天使なの⁉　もしくは妖精《ようせい》⁉　私、地上に舞い降りちゃってる⁉

我ながら美し〜〜〜！！！

有象無象の小娘どもが嫉妬《しっと》でハンカチ噛《か》むのも無理ないわ〜。

ピンクの髪とかヘテロクロミアの瞳とか、そんなトリッキーなカラーデザインはいらない‼　これぞ伝統の美‼　高貴の王道‼　完璧です‼　やったぜ、母ちゃん（一周目の）‼　神様ありがと〜〜〜！！！

はあはあはあっ……それはひとまず置いといて！

そう、この容姿、はっきり覚えている。

――私を轢《ひ》き逃《に》げした女じゃねーか！！！

これこそ、マジか……だよ。

……もう完全に、あいつの娘として生まれちゃってるってことだよね。

だって、そっくりだもん。残された肖像画とか見てるし、残念な噂《うわさ》も色々聞いてる。名前は確かグレイス。ギディオンの末娘って話だけど、私を産む時、大変な難産で、結局悶《もだ》え苦しんで死んだらしい。

あまり悲しいとも思えないのが、何とも……。私を殺した女が、私に殺されたようなもんだもんな。つーか、怖え～よ、私。呪《のろ》うとか以前に、直《じか》で殺《と》りにきてんじゃねーか。更生する間もなく、因果応報とか……。

ああ、それはそうと、ギディオン！　お前、もう二度と子育てで、お父様に偉そうな口きくなよ！　お前末娘の教育失敗してるから！　平然と轢き逃げする娘に育て上げてんじゃねーか‼　あぁ、そして多分、記憶が戻らなかったら、私もやってました‼　サーセン‼　……やっぱりあの女の娘なんだな……。

とにかく、私は今十歳。そして、ギディオンからは、親友の大預言者が死んだ翌年に、私が生まれたと聞いている。

私がグレイスを知らなかったのも仕方ない。女性の既婚者は学園への入学義務が免除される。教職時代、私が改革し損ねた慣習の一つ。グレイスの兄貴のクエンティンなら教え子なんだけど。

私を轢いたあの時点で、すでにトリスタンと結婚して、妊娠もしてたんだな。

となると、恐ろしい結論にたどり着く……。死の間際に降ってきた一連の予言。

少女が、フラれまくったり、殺されちゃったり……。

あれはグレイスではなく、すでにお腹《なか》に宿っていた、私自身の未来ということにならないかね？

はあ⁉　聞いてねーよ！　完全に盲点じゃねーかっ‼　そんなの、分かるわけねーだろっ⁉

そして最大の問題点。三度目の人生を送る上で、これが一番厄介だ。

私はおそらく、大預言者の能力を引き継いでいる。グラディスとしての十年の人生で、振り返ってみて心当たりがかなりある。

この能力があれば、不吉な未来も回避可能。そもそもあの予言は私の魂が宿る前の胎児に対するもの。

記憶も戻った今の私なら、すでにリセットされたも同然。

だから今回の転生で、私に最大の脅威をもたらしているのは、別のこと。

もし、私がザカライアの転生者だと――つまりは大預言者の能力を、そのまま持ち越しているとバレたら……。


また、お一人様人生確定だよねえっ！！？


それだけは絶対いやあああああああああああっ！！！！

せっかく貴族のお嬢様に生まれたのに‼

私は今度こそ素敵な恋をするんだから‼

よくよく考えてみると、世代的に二十代半ばから六十歳近くまで、国家の中枢に食い込んでる奴ら、ほとんど教え子に当たる。それより少し上の五年間分の世代は、上級生から下級生まで一緒に学園時代を過ごした同窓生。

ほぼ国を動かす働き盛りばっかじゃねーか‼ 顔が広過ぎるのも考え物だな‼

周りは友人、同僚、後輩、教え子、知人だらけ。限りなく困難なミッションだ。

それでも固く誓おう。


絶対隠し通してやる！！！

◆◆◆

剣と魔法の王国ハイドフィール。

私が二度目の転生を果たして、またもや舞い戻った国。

初代国王ハイドと、大預言者ガラテアら賢臣によって建てられ、その後六百年以上続く大国。

王家の堅実な治世の下、貴族と庶民の関係も良好で、国民は活気に満《み》ち溢《あふ》れている。

強力な魔物は多いものの、鍛え上げられた騎士団と魔導師団の活躍によって、日々の暮らしも安心して送ることができる。

まさに前世の物語でよく読んだ、典型的なファンタジーの世界なんだけどね……。

ザカライア時代、国の中枢にいた私は、一つ確信したことがあった。

このファンタジーの王国――超・体育会系！！！

なんで……？　なんでファンタジーの世界に転生してまでまた体育会系なの⁉　しかも三回目！

私一体どれだけ体育会系に縁があるのか⁉

とにかく強い魔物がひしめく環境のせいで、この国はそういう形態に進化してしまっている。

西は海、北は山、東は草原、南は砂漠。そして北東にはドラゴンの封印地とされる峡谷。

その全《すべ》てで魔物が発生し、国土は魔物に囲まれていると言ってもいい状況。

それにもかかわらず国民の安全が保たれているのは、ひとえに強力な諸侯がそれぞれ、自身の領地を完璧《かんぺき》に守って、魔物の跋扈《ばっこ》を許さないから。

魔物の特色も、それぞれの土地柄とかがあって、対応や戦い方もそれぞれ違ってくる。

だから王国軍はサポートに回して、土地土地の領主に、自領の騎士団で家業のように魔物対策の役割を受け継がせていく。

そんな合理的なシステムの結果、代々磨かれて特化された技術と、積み重ねられてきた知識や英才教育により、自領の魔物退治が一番上手《うま》いのが領主一族というのは、ある意味当然かもしれない。

その結果、国民に培われた価値観。

強さこそ正義‼　強い奴《やつ》ほど尊い‼　我らが領主こそ最強‼

――ああ……思い出すのは体育大時代。

あそこには明確なヒエラルキーがあった。四年は王、三年は貴族、二年が平民で、一年は奴隷《どれい》だ。

それと同じ状況が、ここにはある。

国王という絶対監督の下、補欠の男爵は許されても、ポイントゲッター以外の公爵はあり得ない‼

王国を守る鉄壁の守護集団、五大公爵家。強力なスタープレイヤーは、時には監督の発言権すら凌駕《りようが》する！　何故《なぜ》なら、国民、領民の命と生活が懸かっているから‼

これ、国で一番強いの、五人の公爵なんだよ、冗談抜きで。

各公爵家の中の最強が、それぞれ現当主。

主力が死傷したら《試合に出られなくなれば》、即、跡継ぎ《次のエース》に爵位継承《レギュラー交代》。

代々の公爵家は、意地とプライドをかけて、最強のスタープレイヤーを輩出し続けている。

一番のライバルは、自分の跡継ぎ！

……懐かしいノリだわ〜。私もアスリート時代は、次世代の台頭にいつも目を光らせてた。

だから爵位が高いほど、体育会系色は強い。

爆裂公爵とか撃墜公爵とか首狩り公爵とか、およそ公爵に付けられる冠には不釣り合いな異名のオンパレード。あ、爆裂公爵って、ちょっとかっこいいかも。

公爵家の中には代々、戦闘機の撃墜マークのごとく、魔物撃破数を表す星でタトゥーを刻んで、背中にモザイクアートを作成する剛《バ》の者《カ》もいる。

ちなみにそこの跡継ぎ《次世代エース》とは、後に酒飲み友達となった。――類トモとか言うな。そいつが今まさに、私の祖父ギディオンだからな。

そういえば背中のタトゥー完成したんだよね。六歳頃、上半身裸で見せびらかされて、ドン引きした記憶が残ってるわ。とりあえずおめでとうとは言っといた。ドラゴンでも女神様でもなく、自宅の庭園風景というセンスがよく分からなかったけど。きっと思い入れがあったんだね。庭を駆けてる愛犬（初代ジョン）が素敵だったよ。

◆◆◆

屋敷に帰り着いたのは、まだ日も高いうち。同じ王都内の邸宅だから、あまり距離もなかった。グラディスとしての予定はあったんだけど、今はそれどころじゃない。最低限の身支度だけ終えて、全部キャンセル。

気分が悪いからと、一人で部屋に閉じ籠《こも》る。ザラが心配そうにしてくれてたけど、夕食も断って休むふり。正直まだ混乱もしてるし、一晩ゆっくり考えよう。

今後について、しっかり方針を立てないといけない。

私がグラディス・ラングレーとして生きていくために何よりも重要なことは何か。

それは、前世に囚われないこと。これは私の、一から始まった新しい人生。

一番大事なのは、いつだって今とこれから。その意味では二周目の時だって、一周目の経験を利用はしても、振り返らずに自由に生きた。

すでに終わった人生に搦《から》め捕られて、今を自分らしく全力で生きられないなら、生まれ変わった意味もない。私は私らしく生きていきたい。

転生の事実を隠すことと、自重し過ぎて今の人生を楽しまないことはイコールじゃない。

私はグラディスの人生を謳歌《おうか》する。

だから、まずはグラディス・ラングレーとして、よりよく生きていく環境を整えることにしよう。

幸か不幸か、齢《よわい》十歳にして私、すでに変わり者認定は当然のように受けている。なんか腑《ふ》に落《お》ちないけど。

とにかくこのまま、自由奔放な令嬢像は続行。多少変わったとしても、今更怪しまれたりはしないだろう。お嬢様がまた妙なことを、と思われるくらいで。

あれ？　前世もそうだった気がする。――なんで？

ただ、前世の知り合いに関しては、相当の注意が必要だ。

ザカライア時代の私は、王城の図書館の書物をほぼ読みつくしていた。そして、知った。

この世界、意外と転生者が多い。前世の記憶を持っている、と自称していた偉人が珍しくない。

特に隠したりもせず、普通に公表してたりして。

他人には確かめようもないことだから、信じるか信じないかは人それぞれ。ただ『転生』自体は、稀《まれ》だけど現実にある事象として、世間に普通に受け入れられている。

三百年前の大預言者、デメトリアも一説にはそうだったとか伝えられてるし、偉人ほど転生者の輩出率が高い印象。

実際私も大預言者。

前世の経験値のおかげで出世しやすいとか、記憶を持ち続けるほど強力な魂だから偉業を成す率が高いとかなのかな。

きっと記録されてないだけで、一般人も含めればもっとたくさんいるはずだ。実際ザカライア時代に、転生者に一人会っている。

ともかく大預言者ともなれば、転生してたとしても驚かれるようなものではない。気付かれる可能性は、意外と低くなかったりする。

そう考えると、記憶が十歳まで戻らなかったのは、むしろ良かった。中途半端な知識なしで、純粋に令嬢教育受けてこられたから、立ち居振る舞いは完璧。ザカライアの名残《なごり》なんて匂わせもしないぞ！　貴族との付き合い方は二周目でよく分かってるし、うまいこと躱《かわ》していこう。普通なら一番バレそうな母親も、もう他界してる。こう言っちゃなんだけど、あの母親がすでにいなかったのは、小さいグラディス《私》にとっては幸いだったね。

あれ絶対悪影響の塊だからね。

そして父親のトリスタン。アレに怪しまれる心配は、まずない。

そもそもあいつ、ほとんどラングレー領で魔物狩りばっかりしてて、社交シーズンとか、ごく限られた時期、しかも最低限しか王都に滞在しない。領主の最大の義務は魔物を狩って領民の生活を守ることだから、我が国においては大変模範的な公爵とはいえる。

私は基本的に王都の別邸暮らしで、滅多に会わないんだよね。会ったら会ったで、べろべろに可愛がられるけど、あいつ親としての自覚は絶対ない。育てたり躾《しつ》けたり、全然しないもんな。いわゆる優しい虐待ってやつ。あのまま育ってたら、グラディス、平気で轢《ひ》き逃《に》げする人間に育ってたぞ。

そんで、山ほどフラれたり殺されたりしてたからな。手遅れになる前でよかったよ、ホント。

ってゆーか、私をフッてた水色髪の青年は、さっきのアイザックの孫（仮）で確定かな？

今日フラグが立ったわけか。

おおっ、トータルで苦節八十と数年、なんか恋愛戦場《バトルフィールド》にやっと立てた気がする！

学生時代は一人だけ取り残されてるのが癪《しゃく》に障って、八つ当たりでアイザックの邪魔をしてガチでキレられたりしたもんだけど、今の私は参戦可能なのだ‼　うははははは‼

人生経験と精神年齢は、私に限っては比例しないぞ‼　そもそも恋愛経験値自体ゼロだからね‼

喪女をこじらせ過ぎて、何をやったらいいのかサッパリだ‼

おっと脱線した。話を戻すと、バレそうという意味で一番厄介なのは、ジュリアス叔父《おじ》様だ。お父様の下の弟で、私が生まれた時から王都の屋敷で一緒に暮らしている。私の実質的な保護者。

銀の髪に、金の瞳《ひとみ》。本業は農業の研究者だけど、さすがに公爵家の男だけあって、学者然とした雰囲気よりは、細身の騎士みたいな趣が強い。実際、学園入学前までは年の半分は領地住まいで、実戦で鍛えてる。

あれ？　そういや私をフるメンツには、銀髪青年もいたっけ？　見た目も似てるような……。でも血の繋《つな》がった叔父様だし、関係ないか。外見はかなり好みなんだけどねえ。

叔父様はまだ二十歳《はたち》そこそこなのに、魔物ばっかり狩ってる兄の代わりに領地運営の責任をも果たしてるしっかり者。学園卒業後は領地と王都を行ったり来たりで、すごく忙しそう。

外見は兄とそっくりなのに、中身は温厚で思慮深くて、まるで絵本から抜け出てきた王子様。どっちかというとお兄様と呼んだ方が相応《ふさわ》しいんだけど、私はあえて、頑なに叔父様呼びを貫いてきた。

記憶が戻る前は「素敵なお兄様ならその辺にいくらでもいるけど、こんな素敵な叔父様、そうそういないわ！」って理由。

記憶が戻った今なら、余計お兄様とは呼べない。脳内に日本人時代の三人の筋肉ゴリラどもが再生されちゃうのよ。この世にあんなムキムキのもさい『お兄様』いるわけねえ。

とにかく叔父様に怪しまれないように立ち回ることが、ひとまずの課題だよね。

ザカライアが死んだのは、叔父様の就学前。個人的な繋がりも特になかったし、そこはなんとかなるかな。

後は、大預言者の能力を見せないようにだけ気を付けよう。

明日の朝食時からが、私の新しいスタートになるわけね。

ふふふ。それはそれとして、子供として美青年に甘えられる環境ってのは、ちょっとワクワクするね‼

◆◆◆

翌朝、いつもと同じ調子で朝食の席に着いた。

「昨日《きのう》はずっと具合が悪かったようだけど、もう大丈夫かい？」

優しい叔父様がテーブル越しに聞いてくる。

「はい。すっかり。ご心配お掛けしました」

私は笑顔で答える。いつもと変わらない家族二人だけの食事風景。グラディスもザカライアも完全に一人の人間として統合していて、特別困ることもない。要は普段通り、私らしく振る舞えばいいだけ。

「昨日は先に帰ってしまってごめんなさい。叔父様、大丈夫でした？」

「ふふふ、何のお茶会かは気が付いてたんだろう？」

叔父様がおかしそうに笑う。怒った顔など見たこともない。

「私は、王妃には向かないと思いますわ」

「そうとも限らないと思うけど、君の好きにするといい。とりあえず顔だけは出したからね。後は気にしなくていいよ」

ああ、やっぱり叔父様、サイコー！

昨日のお茶会はやっぱり、王子と身分・年齢の合う女子を一堂に集めて品定めする会だったんだ。

私の勝手な行動に保護者としては困っただろうに、なんて懐の深さでしょう！　ついでに今後の生活改善についても交渉していこう！

「叔父様にお願いがあります」

「何かな？」

「今教わっている三人の家庭教師に、暇《いとま》を出していただきたいのです」

直球で要求を出す。現在の生活パターンでは、午前中は家庭教師を招いての学習時間になる。いわゆる学園対策だ。

この国では、十五歳からの三年間、王侯貴族の子弟は、王都のバルフォア学園に入る義務がある。そこで魔術や戦闘技術、政治経済の知識や学問なんかを、進路に応じて磨くことになる。

ザカライア時代も、貴族じゃないけど立場はそれ以上だったから、当然そこで学生生活を送った。その上舞い戻って、教師にまでなった。

ザカライアの子供時代に初めて聞いた時は、そりゃ、おおっ！　って、思ったよ。

それ、なんて乙《おと》ゲー⁉　私、攻略には参加できないから、悪役やってあげるよ‼　なんなら盛り上げるために、預言者の力も駆使しちゃうよ‼　なんて超はっちゃけたね。

思春期の男女をまとめてぶっこんで、それはもうきらめくような青春ストーリーまっしぐらかと、当然思うじゃない？

でもこの国は、そんなに甘っちょろくなかった！　何故《なぜ》なら体育会系だから！

春の全学年合同バトルロイヤル歓迎会と、魔物狩り大会。

夏の森林地帯サバイバルと、レスキュー競技会。

秋の領地経営論文選考会と、魔導・武道勝ち抜き戦。

冬の雪中行軍と、寒中水泳大会。

その他、諸々《もろもろ》。エトセトラ。

そう、学園とは名ばかりの、これはブートキャンプだ‼　しかも座学より、完全に肉体言語寄り‼

クソの役にも立たないクソうじ虫どもを、三年間で国家の役に立つ最精鋭に仕立て上げてやるぜ‼　が目的の、超スパルタ学園なのだ‼

まさにノブレス・オブリージュ‼　……なんか、技名みたいだね。

そういうわけで、貴族の子弟は子供の内からお受験対策かのごとく、入学準備をしておく必要がある。モヤシのまま入ると、初《しょ》っ端《ぱな》から地獄を見ることになるからね。

何しろ王子も平民の奨学生も、全員対等な新兵。どんなお偉いさんの子供でも弱いままだと面白くない目に遭うことになる。この国では、弱者は認められないのだ。

ちなみにザカライア時代の私は、大預言者の能力を自重することなく駆使して、三年間学園の支配者のごとく君臨していた。

何しろ、必殺のスキルがあるからね。

卒業後は国家の舵取《かじと》りに参画する大預言者様からの個人的な予言が受けられるのは、人生でこの三年間だけ！

それは人が群がったものですよ！　ハハハハハ、私超人気者‼

生徒Ａ（十六歳、男性）
Ｑ・次の魔導・武道勝ち抜き戦で、せめて一回戦くらいは勝ちたい。
Ａ・正々堂々とやりたいなら、対風魔術を磨くべし。裏ワザとして、明日の放課後、体育倉庫裏へ行くべし。対戦相手となるバズ・ハンターの弱味を握れる。

生徒Ｂ（十五歳、女性）
Ｑ・アダムス先生のテストで点数が足りず、進級が危うい。
Ａ・カミラ先生に助力を頼むべし。惚《ほ》れた相手に話の分かる教師像を見せるべく、補講や再テスト等、救済措置が実施される。

生徒Ｃ（十七歳、男性）
Ｑ・あの娘《こ》に告白したい。
Ａ・やめとけ。

教師Ａ（四十二歳、男性）
Ｑ・最近生徒Ｃがひどく落ち込んで、勉学が手に付かない状態だ。
Ａ・今週いっぱいまで。来週次の恋を見付ける。別の意味で勉学に手が付かなくなるだろう。

教師Ｂ（二十六歳、女性）
Ｑ・女子の着替え（下着含む）が盗難被害にあっているようだ。
Ａ・犯人は三年二組のバズ・ハンター。先月あなたのも……。
Ｑ・あいつかあぁぁぁぁぁぁっ！！！？

ってな具合に、生徒教師問わず学園中の人間の相談に乗ると同時に、弱味を掴《つか》んでいった結果、前世の古い漫画で言うところの裏番のような立場になってたわけよ。

フハハハハ、学園を密《ひそ》かに操る影の支配者とは、私のことだよ‼

誰《だれ》も私にはかなうまい‼

逆らう奴《やつ》には、必殺の不吉予言炸裂《さくれつ》だ！　私と関係ないところで、地獄に落ちるがよい！

そんな感じで一年の間に支配体制を着々と整えて、翌年入学したアイザックを愕然《がくぜん》とさせたものだった。

学園の改変が進んだ現在では、非戦闘職の多くは文官系の学問を専攻する。私が教師になってから、学園の制度改革で特に力を入れたところ。それはそれで勉強が大変になったけど、得意分野の能力は圧倒的に伸びた。

目下、三人の家庭教師が、入学に備えてそれぞれの専門分野を私に指導してくれているところ。

ただこれ、私には正直必要ない。何しろ一回卒業してる上、教師生活三十年の身だ。ここ十年間の出来事や新説をさらっとけばいい話。十歳の勉強からやり直すのはあまりに非効率。何より三人の家庭教師中、二人がザカライア《私》の教え子！　二人だけ辞めさせるのも問題だから、全員ってことにしただけ。

「もちろん先生方には何の落ち度もありません。でも私、今後は自主学習をすることに決めましたの。先生方には、次の良い仕事先を紹介していただけますか？」

「いいよ。そのように取り計らおう」

叔父《おじ》様はにこにこと、即決。

おいおいっ、それでいいの⁉

思わず内心で突っ込んじゃうよ。勉強が嫌だから家庭教師をクビにして、と子供に言われて、どこの大人がまともに相手にするっての⁉

自分で要求しといてなんだけど、元教育者としては、こんな完全に子供をスポイルするような保護者は認められないぞ！

だけど叔父様はこういう人なんだよねえ。私の希望をとことん許容してしまう。これはグラディスが物心ついた頃《ころ》にはすでにそうだったと思う。

何につけても聡明《そうめい》で堅実な人なのに、どうして私に対してだけこんなにザルなんだろう？　ある意味お父様より甘いと思う。

そりゃ、私が我儘《わがまま》に育つわけだよ。

まあ、要求が通ったのはいいんだけど……。どうにも腑《ふ》に落《お》ちん。

釈然としないまま、サラダを食べ、野菜スープを飲む。

あれ？　そういやメニュー野菜だらけだ。これも要改善だな。

さすが前世の記憶がなかった時でも私は私と言うべきか、スタイル維持のために、かなりの節制メニューを自らに課している。それこそ専門家並みに研究してて、お菓子も油物も断って、理想の美容を追求してた。

この意志の力とか、徹底っぷりとか、我ながら恐ろしい子‼　年齢誤魔化《ごまか》してんじゃないの？

ただいかんせん、こちらの世界の節制メニューは非科学的なんだよね～。タンパク質が全然足らない。子供の取る食事じゃないよね、これじゃ。栄養失調になる前でよかった。

今後は食事だけじゃなくて、運動と上手《うま》く組み合わせて体を作っていこう。

「叔父様。これから、食事のメニューも変えようと思います」

「分かった。ジェラルド。アデルを呼んできて」

私の提案に、叔父様は即座に料理人を呼び出してくれた。

「お嬢様、いかがなさいましたか？」

料理人のアデルは慣れた様子で尋ねる。まあ、私にメニューの口出しされるのは、毎度のことだもんな。そりゃ慣れるか。どーもご苦労様です。

「今までの食事だと、栄養が足りないことに気が付いたから、また大幅にメニューを変えようと思うの。後片付けが終わったら打ち合わせをしましょう」

「かしこまりました」

嫌な顔一つせず了承し、下がっていく。おう……これもあっさり解決。

それは喜ばしいんだけど、うーん……何だろう、この違和感。

……今まで気が付かなかったけど、この屋敷の大人って、みんなおかしい？　もし私が大人だったら、こんな小生意気な子供のワガママ、絶対取り合わないぞ。態度には出さなくても、内心ハラワタ煮えくり返るよねえ？　なのに全然反発心的なものを感じない。

よく考えたら、叔父様だけじゃなくて、使用人のみんなも私の気まぐれにすごく寛大なんだ。決してイヤイヤというわけでもなく。

何か、理由があるんだろうか？

◆◆◆

今日の午前中は予定を変更して急遽《きゅうきょ》、家庭教師の先生方のお別れ会を催した。

一見厳しそうな有能執事のジェラルドは、急の指示にもかかわらず、文句の付けようがない完璧《かんぺき》な手配をしてくれた。

突然の解雇とはいえ、お払い箱でハイさよならというわけにいかないからね。

私の可愛《かわい》い教え子達にそんなふざけたマネをする奴がいたら、バレないようにキツイお仕置に行くよ‼

「先生、急なことでごめんなさい。今までお世話になりました。今までと遜色《そんしょく》のない職場を叔父様にお願いしたから、これからも頑張って下さいね」

ボロを出さないように気を付けながら、謝罪と激励をする。

「いえいえ、お嬢様も今後の自主学習、頑張って下さい」

元教え子のアイラが代表して、実にいい笑顔で応じた。

あれ？　みんな怒ってない？　それどころか、清々《すがすが》しい笑顔⁉　もしかしてせいせいしちゃってる⁉

――ザカライア先生、泣いちゃうよ！！！

もっとも、これが普通の対応なんだろうなあ。気まぐれでクソ生意気な子供に振り回されるより、もっと扱いやすい子供を教えたいよねえ。

私は手ごたえある方が好きだったけど。

やっぱりうちの人達が普通じゃないのか。

お別れ会をすませ、厨房《ちゅうぼう》に足を運んで、今後の食事内容について事細かく指示を出す。

バランスや量、レシピや出す順番、回数、時間まで、正直かなりめんどくさい。タンパク質、糖質、脂質、ミネラル、ビタミンを偏らずに少しずつ、かつ多種類で取りたい。

一周目での知識に基づいてるから、特に細かいんだよなあ。

それでも、アデルは一言一句漏らさないよう、真剣にメモを取ってくれた。

「早速今夜から実践しますよ！」

すごく張り切ってくれている。

昼食の用意と後片付けが終わったら、すぐに市場へと買い物に出掛けるそうだ。

アデルを見送って、私はいつも傍《そば》に控えてくれているザラに尋ねた。

「この屋敷の人は、どうしてみんな、私の頼みを何でも聞くの？　面倒だとは思わないのかしら？家庭教師の先生方なんて、好機とばかりに逃げていったのに」

ザラは私が五歳の頃からお世話をしてくれてる侍女で、大きな商家の娘。この王都別邸の執事ジェラルド（三十四）と去年、年の差婚をしてからも、引き続き私に付いてくれている。私より一回り年上のしっかり者のお姉さんと言った感じ。

「お嬢様の素晴らしさは、多少の付き合い程度では理解できないのでしょう。お嬢様はいつも通り、人目など気にせずお嬢様らしく自由でいらっしゃるのが一番です」

ザラは微笑《ほほえ》んで答えた。さも当然と言わんばかりに。

おおうっ、何か知らんが、太鼓判を押してもらったぞ！　やっぱり私の方針は間違ってないわけだな！

よし、今後も自由にやっていこう‼

あれ？　ちゃんとした答えになってないな。

釈然としないものを感じつつも、昼食となり、それが終われば、午後のスケジュールはお稽古《けいこ》事。

これは貴族としての必須《ひっす》スキルだから、今後も続行する。というか、ダンスとかマナーとか、私がやりたかったことが目白押しなんだよ！

まさに、ザ・お嬢様！　って感じでしょ～！　一周目でどれだけ憧《あこが》れてたことか！　ダメと言われてもやりますよ！

食後、すぐにダンスレッスン用のドレスに着替える。

うん、さすが私。練習着ですら、手を抜いてない。今日のドレスはマダム・サロメのお手製、淡いブルーのフワフワが素敵な特注品。しかも別デザインが五着もある。成長期で一年も持たないのによくやるね。もちろんこれからもやります（ビシッ）‼

そして意外というか当然というか、私は社交ダンスにハマっていた。かつて毎日空手の形《かた》に打ち込んでいたように、毎日ダンスの基本動作の練習に余念がなかった。

うん、前世の記憶がない時でも、やっぱり私なんだなあ。こののめり込んじゃうとこ。

それにしてももしかして生来の私って、性格悪いのか？　どうも根本が変わってないような……。

記憶が戻ればこんなに善良なのに。――解せぬ。将来殺されないように、気を付けねば。

一流の先生の指導の下、みっちり二時間ほどのレッスンを終えたところで、手が空いたらしい叔《お》父《じ》様が見学に来た。

「叔父様～！　一緒に踊って下さい‼」

「喜んで」

大はしゃぎでおねだりした私に、叔父様は笑顔で答えてくれた。向かい合ってセットし、ピアノの演奏に合わせてくるくると踊りだす。

ああ、イケメンにリードされて踊る社交ダンス！　なんて楽しいの～～‼

大きな手に、手を取られ組み合ってるのに、柔道の乱取りとは全然違うのよ～～‼

優雅‼　優雅だわ～～‼

私、今人生絶賛謳歌《おうか》中～～～！！！

心の中でひとしきり思う存分叫んでいるうちに、踊り終わった。あ～、堪能しました‼　ごっつあんです‼

「上手になったね。これならもういつでも社交界に出られるね。君なら注目の的だろう」

叔父様が褒めてくれて、気分も急上昇。

おお～う！　上流階級《セレブ》の証明、社交界‼

憧れる‼　憧れるけども‼

――多分、知り合いだらけなんだよな～。

う～ん。とりあえず、保留で。この国の成人年齢は十五歳。まだまだ時間はある。

それよりまだ物足りないなあ。ダンスだけじゃ、やっぱり偏る。明日からまた空手の形を始めよう。スタイルを磨き上げるためのトレーニングも。

アスリートのトレーニングはもうやらないけど、モデルさんレベルのエクササイズは必須だよね。

早速メニューを組もう。

あっ、そうだ！　トレーニング用のウエアをマダム・サロメに発注しないと！　ああ、忙しい！

この夜の食事メニューは、文句の付けようのないものでした。ありがとう、アデル。

閑話一　ザラ（侍女）

私の仕える主人はラングレー公爵家の令嬢、グラディス様。

働き出したのは、成人となった十五歳から。お嬢様が五歳の時、見習いとして当時の侍女の補佐に付いた。

公爵様は滅多にこの王都別邸に滞在することはなく、実質的な主人は弟君のジュリアス様だ。

初めて見た時のお嬢様は、白金の髪に青い瞳《ひとみ》の人間離れした美少女。見た目はまるで天使のよう。

けれど、中身は小悪魔だった。

いつも突拍子もない我儘を言い出して、周りを振り回す。

私は大きな商家の七人兄弟の末っ子で、家業に関わってもあまり将来が期待できない。独立して高給を貰《もら》ったほうがいいと就職したが、正直失敗だと思った。

とにかくお嬢様の気まぐれと我儘は、スケールが違う。

「叔父様。今年はダイエットのために、シクラ麦を主食にします。みんなもそうするといいわ」

五歳のお嬢様が唐突に宣言すれば、ジュリアス様はその年のラングレー領の作農の大半を小麦からシクラ麦に切り替えさせてしまう始末。

これには度肝を抜かれた。シクラ麦は非常に強く育てやすい麦だが、栄養価が劣り何より美味《おい》しくない。市場に出せば、小麦の半値にも届かない。

秘書のローワンさんも執事のジェラルドさんも、それを当然のように受け止めて手配する。

ジェラルドさんには、この屋敷のルールは全《すべ》てにおいて「お嬢様」が優先されると、はっきり釘《くぎ》を刺された。この人は表情に乏しくて、普通に話されても叱《しか》られているようでとても苦手だ。

厨房に行けば、せっかく仕入れた新鮮な山菜が、「今日は山菜の気分じゃないわ」と、生ごみ入れに投げ捨てられる。元々お嬢様が美容のためにと、自らリクエストしたものだ。なのに、料理人のアデルさんは気にもせず、それどころか謝って、別の料理の準備をし始めた。

本当にこの公爵家は、一体どうなっているんだろう。完全に小さな悪魔の言いなりだ。

今の私の救いは、三か月前、町で出会った商人見習いのナサニエル。私と将来店を持つことを望んでくれている。いつか商家のおかみさんになるのも、いいかもしれない。

そんなたった一つの癒《いや》しも、お嬢様に奪われた。私を迎えに来てくれたナサニエルをたまたま目にした瞬間、「顔が気に入らないわ」と、追い払ってしまった。

それを知ったジュリアス様は、直ちに彼が屋敷に近付けないように手を打ってしまった。私も会いに行くことを禁じられた。

もう我慢できない。今月の給料をもらったら、こんなところ、すぐに辞めてやると決めた。

休日のある日、お嬢様が私の部屋に突然乗り込んできて「イチゴが食べたくなったから今すぐ買ってきて」と、いつもの我儘《わがまま》を言い出した。

休みなのに、無理やり追い立てられるようにお遣いに出された。もう少しの辛抱だと自分に言い聞かせて、馴染《なじ》みの八百屋《やおや》に行く。

何故か、営業停止処分で、閉じられていた。

聞いたところでは、売り物の山菜に毒シダが混ざっていて、多くの食中毒患者を出したそうだ。

背筋を冷汗が流れた。あの投げ捨てられた山菜。食べていたら、どうなっていたのだろう。

別の八百屋に向かう途中の孤児院の前で、信じられないものを見た。

いつも怖い顔のジェラルドさんは、相変わらずの難しい表情で、全力で子供達と遊んでいた。休日にいつもお屋敷からいなくなっていたのは、ボランティアのためだったのだろうか。

そう思うと、ジェラルドさんへの苦手意識が消えていた。

帰ってからイチゴを美味しそうに頬張《ほおば》るお嬢様に、苛立《いらだ》ちはなくなっていた。

けれどすでに、職場を辞める相談をするため、家族に会う約束になっている。何故か心は揺れていたけれど、とにかく次の休日、一度実家に日帰りで顔を出そう。

けれど休みの前日、しかも日もすっかり暮れてから、お嬢様に急に屋敷を出された。

「もう勤務時間は終わったのだから、今すぐ家に帰ればいいわ」と。正直有難迷惑だった。実家に泊まる連絡なんてしていない。こんな時間に急に押し掛けたら、家族を困らせてしまう。

けれど強引に送り出され、冬の寒い夜、一時間も歩いて実家へと向かった。

家の戸を叩《たた》いた時、違和感があった。この時間なら夕食も済ませて一家団欒《だんらん》の時間帯なのに、人の気配がない。

不審に思いつつ扉を開けると、家族が全員倒れていた。

私は慌てて隣近所に助けを求めに走り、その夜は大騒ぎで一睡もできなかった。

締め切った部屋で火を焚《た》いた時に起こる珍しい事故だと、後で分かった。幸いみんな意識を取り戻してくれたが、もう一時間でも訪問が遅かったら、私は実家の家族を全て失っていたそうだ。家族が落ち着くまで、しばらく休みをもらった。

何だろう。これは偶然なのだろうか？

休暇明けの前日、いてもたってもいられず、言い付けを破って、ナサニエルの勤務先を初めて訪ねた。

その商家に、そんな男はいなかった。うちの見習いを名乗る結婚詐欺師がいるらしく迷惑していると、そこの主人に言われた。

私は何事もなかったように、お屋敷に戻った。

辞めることをやめ、お嬢様の侍女見習いを続けることにした。今は、屋敷の人達の考えが分かる。

その年、記録的な冷夏となり、王国中が食糧不足に陥った。けれど、ラングレー領だけは、飢饉《ききん》になるどころか、大量に収穫したシクラ麦を小麦よりも高い相場で売り切り、例年よりも潤ったそうだ。

それから見掛けは怖いけれど優しいジェラルドさんと結婚し、今に至る。もしあのイチゴの我儘がなかったら、私は夫の良さに気が付けていただろうか？

数日前のお茶会から、お嬢様の様子が少しおかしい気がする。

みんなも気が付いているようだ。

ジュリアス様から、気を付けてよく見ているように言われた。
けれど、どんな事態も、きっとお嬢様なら何とかしてしまうに違いない。
お嬢様はラングレー公爵家に舞い降りた、天使なのだ。

第三章　再会と魔法陣事件

「朝からずいぶんご機嫌だね」

朝食の席で叔父様《おじさま》に指摘され、私は元気に頷《うなず》いた。

「はい！　今日はお友達がいらっしゃる日ですから」

「ああ、それは楽しみだね」

「はい！」

叔父様もすぐに気が付いて同意してくれる。月に一～二回、とても忙しい中、屋敷に訪ねてきてくれる親友。前世の記憶が戻った今だって、楽しみには違いない。

朝食をしっかり取った後、習慣にした朝のエクササイズをすませてから、迎え入れる準備をする。

応接室の机の上には、たくさんの紙の束。そして、いくつかのアクセサリー。大体用意が終わったところで、待ち人が到着した。

私は一目散に玄関まで出迎えに行く。

そこには二十代半ばほどに見えるブルネットの妖艶《ようえん》な美女がいた。

「グラディスちゃ～ん、調子はどう？」

「ばっちりよ、サロメ。後、早速新しい企画があるの」

「それは楽しみねえ」

私は笑顔で応《こた》え、彼女を連れて部屋へ戻った。

現在の私の一番の親友。王都一との呼び声も高いオートクチュールブランド、マダム・サロメの代表、サロメ。

中身はアラフォーのおじさんだけど、彼女を彼として扱う者は誰《だれ》もいない。実際美意識の高さは私の知る中でも並ぶものなく、そのよく似合う派手な装いは女神のごとく麗しい。

初対面は五歳の時。当時すでに飛ぶ鳥を落とす勢いだった人気デザイナーのサロメに、公爵令嬢のグラディスお嬢様が仕事を依頼したのがきっかけだ。

保守的なデザインが多い王都の流行の中、サロメの提唱する斬新なスタイルが、私のお眼鏡にかなったわけね。

サロメが持ってきてくれた衣装は確かに目新しかったけど、正直私には物足りなかった。顧客が公爵令嬢ということもあって、大分妥協したデザインに抑えちゃってたんだよね。まあ、それまでもいろんな圧力とかあって、警戒してたんだろうなあ。

私はその場でハサミを入れて「こんな感じにして！」と、自分好みのラインに即席で作り変えてやった。

「あなたのゴールはどこ？　これがあなたの本気の仕事なの？」って。

サロメは怒るどころか感激して、すっかり意気投合した。それ以来の付き合い。

今の店を出すときはラングレー家がスポンサーになったけど、今では完全に軌道に乗り、想定を遥《はる》かに超えた採算が取れている。王都でマダム・サロメのドレスを持っていない令嬢は田舎者扱いされるほどのクチュールに成長した。

本来なら注文しても早くて半年待ちってとこだけど、私は特別。

何故《なぜ》なら、私もマダム・サロメのデザイナーの一人だから！

全部他人任せにしたデザインで、私が満足するわけないよね。出会ったその日に見せられた幼児が描いたクレヨンのデザイン画は、天地がひっくり返るほどサロメを驚愕《きようがく》させた。

今まで見たこともない、前衛的ながら洗練された意匠。目から鱗《うろこ》がボロボロ剥《は》がれ落ちたそうだ。

まあ、それは当然だよね。なんせ一周目の世界のデザインだからね！

記憶もないのに、デザインの知識だけ幼い頃《ころ》から表出してたって、私どれだけファッションに執着してたんだろうね。許される環境になって、爆発しちゃってたみたい。

さすがに時期尚早と判断して、頭の中に留《とど》めているアイデアのストックは、まだまだたくさんある。

今の野望は、露出の多いドレスを流行《はや》らせることだ！

私がダイナマイトバディーに育つ頃までには、達成してやるぜ‼　予定では後、五～六年だ‼

だから私が着る衣装は、ほとんどが自分のデザイン。出来上がったらマダム・サロメで真っ先に仕立ててもらう。数回お披露目して満足したら、同デザインの一般販売を解禁する。

お互い持ちつ持たれつでいい感じに契約してるから、本来超高額のはずのマダム・サロメのドレスを、私はうなるほど持っているのだ。うはははは！　世の御婦人方よ、存分に羨《うらや》むがよい！

「それで、新しい企画って？」

「それはこれよ！」

早速尋ねるサロメに、デザイン画の束を見せる。

「女性用のトレーニングウエア。王妃様も若い頃は実家の領地で魔物狩りしてた武闘派でしょ？　今も暇を見ては狩りに出てるらしいけど。戦う貴族女性に一定のニーズがあるはずだわ」

「わあ、素敵！　とてもトレーニングウエアに見えないわ」

サロメが目を輝かせて、一枚一枚に目を通していく。

「でしょ⁉　動きやすいのに、女心を鷲掴《わしづか》みにするフェミニンなデザイン！　しかも機能上シンプルさ、丈夫さが要求される服だから、仕立ては簡単で、利益率も高い。更には破損率も高いから、一度に複数枚の購入が見込めるでしょ？　貴族女性に流行りだせば、あっという間に一般人に広まるわ！」

「いいわね！　早速会議にかけてみましょう」

「マダム・サロメの高級イメージを損なわないように、別ブランドを立ち上げたほうがいいかもしれないわ」

「そうね。そろそろ部門の細分化は考えていたのよ。いい機会ね。そこも進めていきましょう」

とんとん拍子で話が進む。そこでサロメはふと思いつく。

「部門と言えば、まずアクセサリー部門を立ち上げたいんだけど、いけそう？」

「もちろん。専任デザイナーとして、アイヴァンの名前使っていいわよ」

「ああ、助かるわ！　ますます商売繁盛確実よ！」

盛り上がった話の中で、数点のアクセサリーを載せたトレイを出した。

「これ、最新作よ。私にはまだ大人っぽ過ぎて着けられないから、売りに出していいわよ」

「ああ、グラディスちゃん、大好き～‼」


中身がアラフォーの女装おじさんが、少女に抱き付いて喜ぶ姿は、真相を知ってる人が見たらきっとさぞシュールだろう。でも、親友が喜んでくれて嬉《うれ》しい。私も稼げるしね。

実は巷《ちまた》に彗星《すいせい》のごとく現れた天才彫金師アイヴァンとは、私のことなのだ‼

まあ、のめり込むいつものクセが出たというか……。私のイメージするアクセサリーを作ってくれる職人がいなかった。業を煮やした私は六歳の頃、彫金師の職場に通って一通りの知識を学習し、その後は、独学で彫金技術を身に付けた。

その目を引く独創的なデザインと繊細な技術は、あっという間に王都で話題独占。出回った作品の数が極めて少ないこともあって、現在、商品価値がうなぎ登りの状態で、私の懐も熱で火を噴く勢いだ。

もしサロメに出会っていなかったら、私はお針子技術も身に付けていたに違いない。

叔父様のアドバイスもあって、私が商売的なことに手を出していることは秘匿されてる。なんか、色々面倒になるらしい。

本来、高位貴族の義務は戦闘。どうしても戦闘が不向きなら政治。幼いうちから商売に手を出しても、悪目立ちしていい顔をされない。そんな暇があったら修行にでも励めって感じだ。

もちろん叔父様の意見だから、全面的に従っている。金銭面とか興味のないことは全部お任せしちゃってるしね。

二人でたっぷり盛り上がって、具体的な話も色々進め、ハイテンションのままサロメは帰っていった。

「お嬢様、嬉しそうですね」

「ええ、とてもいい仕事ができたわ」

ザラに満足の笑顔を返す。

うん！　今日も充実‼　やっぱり好きなことに打ち込める環境ってサイコーだね！

欲しかったトレーニングウエアの試作品は、早速数日後に届くことになったよ。

◆◆◆

今日の予定は街歩き。記憶が戻ってからは初めてだから、すごく楽しみ。

「昨日《きのう》街で、君と同じ年頃の女の子が、殺される事件があったそうだ。十分に気を付けるんだよ？」

馬車で屋敷を出る直前まで、心配する叔父様《おじ》に再三念を押された。

ふと頭の中に、私を殺す黒いフードの男がよぎる。先日誕生日を迎えて十一歳になった。まだ予言の年頃に達してはいないけど、注意はしておこう。

王都の城下町はすごく治安が良くて、私レベルの令嬢でも特に護衛は必須《ひっす》なものではない。

ザカライア時代には常に張り付いてた護衛《SP》とかいなくて、すごい身軽。

馬車から降りての散策はさすがにザラが付き添うけど、それはどこの令嬢も一緒だからね。

ホントのお嬢様は普通外商を呼ぶんだけど、私は断然ウィンドウショッピング派。色々な店に入って、たくさんの商品を見てみたい。デザインさえ気に入れば、安物だってかまわない。

とにかく可愛《かわい》いもの、きれいなものを見るだけで気分が上がる。

まあ、街中の人のファッションを観察して、今の流行とか偵察する目的もあるけどね。オープンカフェでお茶を飲みながら、行き交う人を眺めてるだけで結構時間が潰《つぶ》せる。

おお、あれはマダム・サロメの新作だ。私が今、流行らそうとしているミモレ丈スカート。この国はマキシ丈が普通で、ふくらはぎが半分出てるだけでも、結構目を引く。ふふふふ、このままどんどん丈を短くしていってやる。

いつかはマイクロミニを穿《は》くのが我が野望！　脚線美磨いて、その時を楽しみに待ってるぜ‼

「あれ？」

カフェの隣の花屋に入っていった少年二人、見覚えがあるぞ？

栗色の髪の男の子と、深紅の髪の男の子。

興味がわいて、お茶を飲みながら、店から出てくるのを観察してみる。

しばらくして、大きな花束をそれぞれに抱えた少年が出てきた。

赤い髪の少年が私に気が付き、驚いた顔をした。

「お前は……」

「ふふふ。やっぱり、赤い髪の方が似合いますわね」

お茶会で、私に説教を仕掛けた少年だった。

「え、君！　ラングレー家の？」

隣にいた栗色の髪の少年も、私に気付いて人懐っこい笑顔で近付いてきた。

「あら、その栗色のウイッグは、あなたのものだったのかしら？」

馬車に接触し掛けた水色の髪の少年だった。

「うん。いつもは僕の街歩きの時に使ってるんだ。僕の髪、目立つからね。あの時は特別にこいつに貸してあげてたんだ」

赤毛の少年を指差して答える。指差された少年は何とも複雑な表情をしていた。

なるほどなるほど。色々と読めてきましたよ。

う〜ん。何とも懐かしい感じですなあ。私はどうにもこの血筋と縁があると見える。

その深紅の髪。どう見てもコーネリアスの孫だよね、君。私の幼馴染《おさななじ》みで、前国王の。

ザカライアが死んだ頃《ころ》に王妃アレクシスのお腹《なか》にいた、現国王エリアスの子供。内緒だけど私、学園時代の君の両親の恩師なんだよ。ついでにキューピッドみたいなもんだからね。

つまりあのお茶会の主役の王子様ってわけだよね。顔立ちも瞳《ひとみ》の色も母親に似たんだね。雰囲気は穏やかで理知的だったコーネリアスやエリアスに重なるけど、魔物狩りしてたアレクシスのワイ

ルドな印象も受け継いでいる。この前は、変装して将来のお嫁さん探しでもしてたのかな？

「そういえば、まだお名前を知りませんわね。王子様とクライトン家のお坊ちゃま」

私の問いに、アイザックの孫の方がおかしそうに笑った。

「僕達の素性には気が付いたのに、名前は知らないんだ？」

「あまり興味のないことは、覚えていないもので」

私も笑顔で答える。同世代の女の子は王子様に興味津々だったようだけど、グラディスってホントに知らないんだよ。今の私になる前から。ホントに興味なかったんだね。

何より叔父様をはじめとする周りの大人が、誰《だれ》も積極的にそっちの情報をもたらさない。娘は嫁にやらんって感じだ。

「キアランだ」

王子様が答えた。うん、素直でよろしい。とても真っ直《ます》ぐな感じが好印象ですね。前回はお説教モードだったけど、私に対して特に否定的な感情はないみたい。生真面目《きまじめ》な子なのかな？　ああ、やっぱりアメジストの瞳がきれい。

「僕はノアだよ。よろしくね。グラディス」

「ふふ、よろしく。私のことはご存じなのね」

「もちろん。君はどこに行っても注目の的だからね」

おお、ノア君の方はなかなか社交的。鬼宰相アイザックより全然要領がよさそうだぞ。そしてちょっと軽そうだ。顔がそっくりなだけになんか笑える。

孫の代になっても、相変わらずこの家系は仲良しの幼馴染みなんだ。統治十一年目のエリアス国王は、おっかないアイザックおじさんに頭が上がるようになってるかな？

可愛い美少年二人とお知り合いになったのに、フラグが立ったというより、なんかあの頃を思い出して楽しいなあ。三人で色々バカやってたもんだ。主に私が引っ張り回して。

ああそういえば、予言に出てきた赤い髪の青年はきっと君だね、キアラン。とりあえず赤と水色が出たわけだ。

同じ年齢だから、後五年弱でバルフォア学園の同級生になるのか。

君達、可愛い顔して将来私を振るとは、なかなかいい度胸だな、コノヤロウ。でも可愛いから許しちゃうよ。

またコーネリアスやアイザックみたいに、いい友達になれそうだね。

「ところで、その花束はどなたへのプレゼントですの？」

さっきから気になっていたことを聞いてみる。

少年達が大きな花束を抱えている様は、なかなかに微笑《ほほえ》ましい。何でしょうね、この背伸び感は。だけど選んだ花がどれも地味過ぎますよ！

オバちゃんは教師時代、たくさんの恋を応援してきたからね。何なら君達の二代先の恋愛模様まで噛《か》んでるんだぞ。

さあ、私に娯楽の提供を！

内心でニヨニヨしてたら、二人の顔は途端に曇った。

「知り合いが、昨日殺されたんだ。せめて花を供えに」

「……‼」

キアランの答えに、言葉を失う。よく見たら、手元に隠れてるリボンの色が黒だった。

「僕のうちの庭師の娘でね。同い年だから、小さい頃は遊んだこともあったんだ」

ノアが補足する。

昨日殺された女の子。叔父様から聞いていた殺人事件の被害者か。

「ちょっと待ってらして」

私はその場で花屋に飛び込んだ。ずっと後ろに控えていたザラもすかさず後を付いてくる。

小さい少女が喜びそうな、華やかで可憐《かれん》な色とりどりの種類を自らの好みで選び、プロポーズにも使えそうな花束を作ってもらった。人への贈り物を秘書に選ばせるようなことは、私はしませんよ！

そして女の子への花束に、辛気臭い弔花なんか言語道断だ！　最後なら余計、ド派手なものがいいに決まってる！

前が見えないほど大きな花束を抱え、二人の元へ戻る。

「私も行きますわ」

「え？　……でも」

「行きます」

「……」

強引に同行することになりました。

すごく嫌な感じがしたのは、殺人事件への嫌悪感と言うより、多分預言者のカンが働いたからだ。何故《なぜ》かは分からない。行けばきっと分かるのだろう。

「お嬢様。私が……」

「いいえ、自分で持つわ」

ザラの提案を断り、両手いっぱいに花を抱え、二人の後を付いていった。

「やっぱり君って、変わってるね」

「よく言われますわ」

ノアのからかいに、平然と返す。ええ、ほぼ八十年に亘《わた》って言われ続けてますから！

「いくら花でも、それだけ持ったら重いだろう？」

「ダンスで鍛えているので大丈夫です」

キアランも気に掛けてくれる。うん、お茶会の時から気が付いてはいたけど、君は気遣いの人だね。そんなに人の心配ばかりしてなくても大丈夫だよ。本人の自主性に任せましょう。

現場はとても近かった。

「えっ、ここ？」

そこは街中の十字路。大通りに近くて、人通りも結構ある。邪魔にならない隅の方に、献花の山があった。

私の目を捉《とら》えたのは、十字路のど真ん中。規制線が引かれたその中央。

直径二メートル程の円と、その中に何か魔法陣じみた緻密《ちみつ》な模様が描かれている。色は全体的に赤だ。

そしてその中心はところどころ鮮やかな真紅で乱雑に塗りつぶされていて……。

「これ、まさか……っ⁉」


驚いて二人を見た。痛ましい顔でキアランが頷《うなず》く。

「リーナの……被害者の血で描かれ、その中央に、心臓を抜き取られた本人の遺体が寝かされていたそうだ」

ひょえ～～～～～～!!!　猟奇殺人ですよ!!!　ここファンタジー世界でしょ⁉　ジャンル間違えてますよ!!?

被害者はクレイトン家の使用人の娘。より身近だったノアは、私達の先頭で言葉もなく現場を見つめていた。

「え？　でも、こんなところで？」

後ろに立つ私は、思わず周囲を見回して、キアランに尋ねた。どう考えても、人知れずこんな大掛かりなことができる場所じゃないよね。『普通の人間』には。

「目くらましの魔術か、強力な魔道具か……いずれにしても、優れた魔導師の犯行の線が強いらしい。惨状が目の前に忽然《こつぜん》と現れるまで、誰も気が付かなかったそうだから」

「犯人の手掛かりは？」

「……男だとしか……その……」

キアランは言い淀《よど》み、口を噤《つぐ》んだ。

うん、もういい、分かったから。まだ十かそこらで酷《ひど》い目に遭わされて、殺されて……どんなに恐ろしかっただろうか。

三人で献花の山にそれぞれ自分の花を供え、黙祷《もくとう》を捧《ささ》げた。

「これは、何かの儀式なのかしら？」

気持ちを切り替えた私は、改めて魔法陣（仮）を観察する。

「こんな魔法陣、見たことがありませんわ」

「ああ、城の魔導師にも調べさせているが、まったく未知のものらしい」

「もし儀式だとしたら……」

ずっと黙って考え込んでいたノアが口を開く。

「また、起こるかもしれないってこと？」

私はそれには答えられなかったけど、キアランは別の回答を示した。

「それを知りたかったら、調べるしかない」

「うん、そうだね」

ノアも頷く。その表情はすでに吹っ切れて前を向いていた。

「できる範囲で、調べて行こう」

おお〜〜〜、少年達の苦悩と立ち上がる様を、間近で見せていただきました！　心の肥やしです！

「私も協力させていただきますわ」

もちろん参加だ！　じめじめ暗いのは私に合わない！　それくらいならまず動く！

よし、この勢いで脳内少年探偵団の結成だ！　探偵団の紅一点！　見た目は子供、頭脳は大人だけど精神コドモ！　ちょっぴりおマセさん担当のグラディスちゃんだ！　メンバー構成的に美形率百パーは高過ぎるから、食いしん坊キャラを探さねば‼　一人加入で七十五パーに下がる計算だ！

ただし美形の食いしん坊でない限り‼

「うん、ありがとう。それじゃあ、まずさ……」

ノアが微笑《ほほえ》んで、早速私に最初の指令を出した。

「その『よそ行き』、やめようよ」

「……」

「馬車から降りてきた時の君は、こんなんじゃなかったよね。あっちが君の素だよね」

う〜ん……。思わず視線を逸《そ》らした。

「公爵令嬢ともなると、外聞とか、色々ありますのよ?」

「そんな喋《しゃべ》り方じゃ、なかったよねえ?　なんか、もっとグイグイ来るタイプだよねえ?」

ノアの追及に、返答に窮する。

さて、どうしようか。令嬢としての振る舞い方は、ガサツなザカライアへの連想を遠ざける強力な隠《かく》れ蓑《みの》なんだけど。

「じゃあ、子供だけの時にね」

妥協案を出した。私としても、友達相手にいちいち装うのは疲れる。この際、ザカライアを知らない世代にならら、素で接しても構わないんじゃないかな。十四歳以下くらいなら、まず安全だろう。

「うん、じゃあ、改めてよろしく。グラディス」

「ええ、ノア。王子様もそれでいい？」

「キアランだ」

黙って攻防を見ていたキアランが訂正する。

「キアランでいい」

「そう。じゃあ、キアランもよろしく」

歩み寄ってくれたキアランに、なんとなく嬉《うれ》しくなって、ものすごい笑顔を返した。

考えてみたら、今の私、同世代の友達がいなかった。一番の親友がアラフォーのおっさんという体たらく。オシャレとかダンスに熱中し過ぎて、他にまったく興味がなかった。

よし、このまま友達増量作戦も遂行していこう！

新たな目標を設定したところで、異変は起こった。

◆◆◆

背筋がゾクリとした。

突然感じた微《かす》かな瘴気《しょうき》に、ばっと発生元を振り返る。

キアランとノアも、不審そうに私の視線の先を追って、息を呑《の》んだ。

なんだ、あれ！！？

謎の魔法陣から、なんか黒い靄《もや》が噴き出してる⁉

靄はどんどん色濃くなり、やがて形を取って、魔物へと変化した。

一瞬にして、周囲が騒然となる。

うおうっ、召喚魔術！？？　でも、なんか違う気がする。

感覚的に例えるなら、あの黒い瘴気を原材料にして、あの生物のようなものが生成されたみたいな。

そもそもあれは、魔物？　普通の動物ではないから魔物かと思ったけど、あんなの見たことない。

私も魔物の現物を見たのなんて学園時代のイベントくらいだけど、知識だけならかなりのもん。

そのどれにも当てはまらない。

表面は強いて例えるなら、岩と鱗《うろこ》が混ざったような材質感。全体的なフォルムは、太く短い足が、
左右に三対ずつ付いたセイウチと言ったところか。そもそもあの形状で歩けるの？　ぶっちゃけ生

物としては破綻《はたん》してる。なんかマッドサイエンティストが、継《つ》ぎ接《は》ぎの生命を創造したみたい。

魔物だから、なんか特殊能力で飛んだりもぐったりするのかな？

そのグロテスクな姿に、未完成、という言葉が浮かぶ。

悲鳴が上がり、逃げ出そうと背を向けた女性めがけて、魔物の背中から生成された飛礫《つぶて》が叩《たた》き付けられた。

「キャ――――っ！！！」

うわっ、痛そう……。頭に当たったらやばいぞ、あれは。

それを見て、悲鳴とともに一斉に蜘蛛《くも》の子を散らすように走り出した背中が、集中的に一斉掃射を受ける。

「動くな‼　狙《ねら》われるぞ‼」

誰かが叫んだ。うん。その方がよさそう。急激な動きを見せたものが、攻撃対象になるらしい。

熊とかも遭遇したら、背中を向けちゃいけないんだよね。

逃げられないならと、そこに居合わせた数人の騎士や魔導師が、それぞれに防御壁を構築したり、攻撃魔術を試して、反応を見始めた。

そう。今、無理に倒す必要はない。見たところ魔物の攻撃力はそれほど高くもなさそう。魔法陣から一歩も動いてないし、時間を稼げば、すぐに応援は来る。

キアランはいつの間にか抜いていた剣を構えて、私の前に立っていた。

何が起こっても対処できる構えで、目の前の事態を油断なく見据えている。

おおっ、後ろで見てて、思わず感心しちゃうよ。十一歳にしてはなかなかのもんだよ。

多分アレクシスの実家の侯爵家で、爺《じい》ちゃんやおじさん達に混ざって騎士の実践積んでるんだね。だったら戦闘能力もそこそこなはずだけど、動く気配はない。

その判断力が何よりも素晴らしい。子供にできることなんてたかが知れてる。自分の実力を冷静に見極めて、逸《はや》ることなく今できる最善を尽くしている。おまけにか弱い美少女を後ろに守ってるとこまで完璧《かんぺき》だ‼

エリアスの堅実さとアレクシスの豪胆さ、いいとこどりで受け継いでるねえ。

ちなみにノアは、最初の攻撃の時、どさくさに紛れて素早く地面に伏せて、様子をうかがっていた。

うん。君も正しい。やっぱり要領いいね。頭もいい。子供の無鉄砲と蛮勇ほど厄介なものはないからね。状況が動くまではそれが最善。アイザック、私なしでもいい教育したね。

そして私がのんきな理由。

魔物の不安定だった瘴気が限界を迎え、唐突に自壊を始めた。

やっぱり、未完成だったね。

崩れ行く魔物は最後の力を振り絞り、無差別掃射をしてきた。全方向にだから、密度は薄くなり数は少ない。こっち方面でまずいのは二発。

キアランが正面に来た飛礫を剣で弾《はじ》いた。ナイスバント‼

だけど、もう一発の方、私達をすり抜けて、頭一つ分高いザラに当たる！

ザラの顔面に飛び込む飛礫の予知イメージに向かって、私は高めの前蹴《げ》りを放った。

よし！　ジャストミート！　今日はスクエアトゥのブーツでよかった‼　それも試作品の厚底タイプとは私、ナイスセレクト‼

足を振り下ろしながら残心に入る直前、慌てて振り返ったキアランと目が合った。

おっと、いかん。スカートの中身、見られちゃったね。そこはご愛嬌《あいきょう》ってことで。そもそも銭湯とか、十歳までは男の子も女風呂《ぶろ》可が多いんだよ。おっとアウトか⁉　いや、誤差の範囲だ‼

ああ、君も、こんなもんで固まらなくていいから。私気にしないよ‼　でも魔物にも動じない男の子が、慌てる様子は可愛《かわい》いね‼　ボーイミーツガールってか⁉　まあ、実際にはパンツにミーツか。

力を使い果たして崩れ落ちた魔物の残骸《ざんがい》は、やがて元の黒い靄に戻って、散り散りに消えた。

数秒の沈黙の後、安堵《あんど》の歓声が上がった。

「そ、その……すまない……」

喜ぶ人達の中、キアランが気まずそうに目を逸らした。ひょ～～～、可愛い～ぞ～～～‼

「なんのこと？」

「い、いや……何でも、ない……」

あんまり可愛くて、ついからかってしまう私は悪いお姉さんですね。ふふふ。

恐怖の空間が温度を取り戻し、凍り付いた空気が動き始めた。

その時私は覚えのある気配を感じたような気がして、顔を向けた。

「！！？」

人混みを分け入って狭い路地裏に入っていく、黒いローブの男の背中があった。

未来の私を殺す黒いローブの男を思い出す。

まさか、昨日《きのう》の女の子の殺害犯って本当にあいつが……？

すると、私を殺すのも、私の性格が悪かったせいじゃなくて、さっきの魔物を発現させた魔法陣の儀式のため？

思わず追い掛けようとしたとき、ザラに手を掴《つか》まれた。

「お嬢様！　お怪我《けが》は⁉　申しわけございません。私が傍《そば》にいながら何もできず……」

動揺するザラに、追跡を諦《あきら》めた。

そもそも黒いローブの男なんて、いくらでもいる。私の考え過ぎならいいんだけど。

なんだろう。この件に関して、私の予言の力が、黒い靄に邪魔されてうまく働いてない気がする。

「大丈夫。怪我はないわ。キアランが守ってくれたもの。本当にありがとう、キアラン」

ザラを落ち着かせながらお礼を言った私に、キアランは釈然としない顔をした。

いやいや、君が一発引き受けてくれたから、私もザラを守れたんだよ？　本心からのお礼だからね。

◆◆◆

「それにしてもさっきの蹴り、すごかったね！」

怪我人も運び出され、状況が落ち着いたところで、ノアが私の前蹴りを褒めだした。お前も見てたか。

「意外にも君、戦闘系だったんだ」

「違うよ？　お父様は最強の騎士だけど、私にそういうことはさせないもん。危ないから」

「でも、すごい身のこなしだったよ？」

「ダンスで鍛えてるから」

「いやいやいや、あれは、ダンスの動きじゃないでしょ」

ノアの当然の突っ込みにも負けず、頑として言い張る。

「ダンスのおかげだよ」

「どう見たって格闘……」

「ダンス」

「そ、そう……」

ザカライアの時は、身近な人間に限るとはいえ、空手のことを特に隠してなかった。あんまり気にしてなかったけど、この世界では相当特殊な武道だよな。

今世では表に出すのはやめとこう。

それにダンスというのも嘘《うそ》は言ってない。空手の形《かた》の練習を始めてまだひと月かそこらだもん。イメージ通りに体が動いたのは、ダンスでそれなりの下地があったから。

うん、ダンスで鍛えてるからで、間違いない。

「あれだけの身のこなしなら、今からでも騎士を目指せばいいのに。キアランも王妃様のご実家のエインズワース侯爵領でよくやってるよ」

「私は無理だよ。だって、魔力が足りないもん」

「ああ……そっかあ。ラングレー家なのに珍しいね。でも、僕と同じだ。学園に入ったら文官系目指す予定なんだ」

ノアが納得した。剣と体術だけ鍛えても、魔術なしで魔物相手はかなり厳しい。まず騎士は無理。

その上、実は魔力が足りない、というのは、事実じゃないんだよね。

私、五歳の時点で検査を受けてる。普通は専門の施設で測定してもらうんだけど、何故か叔父《おじ》様の指示の下、自宅に最低限の測定機材と人員を呼びつけて、ひっそりと行われてた。

結果は当然ゼロ。やっぱり皆無だった。スラム街の悪夢の頃《ころ》を思い出しますね。

そして、表向きは、『魔力はほとんどない』とすでに公表されている。

上にサバを読むことはあっても、低く表明するなんて普通想定されてないから、誰《だれ》も疑うことはないだろう。私からすれば、それでも上に誤魔化《ごまか》してるんだけど。

……あれ？　叔父様、もしかして私の預言者の資質、昔から疑ってたってこと？　それで隠してくれてる？

いやいや。深く掘り下げるのは、やめとこう。

「ダンスか……確かにきれいだったな」

真正面から目撃してたキアランが、技の美しさを褒めてくれた。私は思わず目を丸くする。

ちょっと懐かしくて、切ない気分だね。

昔、君のおじいさんも、同じことを言ってくれたんだよ。私の空手の形を見て。

こんなに近い距離に生まれ直したのに、ずいぶんと遠くに来てしまったね。だけど、あの頃からずっと、今に繫《つな》がっている。

コーネリアスはとっくに死んで、ザカライアも死んでるのに、その死を悼む私がここにいる。

新しい人生を生きているのに、生まれる前を記憶している。本来私《グラディス》には関係ないことなのに。

これは、過去に縛られているのと、どう違うんだろう。共有してきた数十年の時間をなかったことにして、かつての親しい人達を素通りしていくこと自体、気分のいいものじゃない。

もし今アイザックに会ったとしても、私は見知らぬ他人の振りをする。今の私の人生を生きるために。

前世を憶《おぼ》えていることは、あまり幸せなことじゃないね。今改めて思ったよ。どうして私は、三周目を迎えているんだろう。

何か、意味があるのかな。

ちょっと感傷的になった。自分らしくない気分を吹き飛ばすため、再びキアランをからかうことにする。

「あら光栄ね。で、どの辺がきれいだった？」

「……だから、あの蹴りの動作がだ」

「動作だけ？」

「……お前、分かって言ってるだろう」

憮然《ぶぜん》と呟《つぶや》く少年に、思わず笑ってしまった。

そうだ。私は私として、新しい友達とまた新しい思い出を作っていこう。

「それにしても、こんな街中に魔物が現れるなんてねえ」

すでに他人事《ひとごと》のように、ノアが感想を漏らした。

「ここ数十年は記録にないだろうな」

キアランも同意する。

現場は、一般人と入れ替わりに、役人や調査員が大量に入り込んでいた。規制線が更に強化して張られ、その周りを兵士が警備に当たっている。

今の私達は野次馬状態。それにしても、王子様や結構な家の坊ちゃんが護衛もなくふらふら街歩きしちゃうくらいだから、ホントに平和な街だよね。いくらこの国が大雑把な体育会系なのを考慮しても。

あ。今すぐ魔法陣を破壊するべきだという意見と、重要な証拠だからと反対する意見で、言い争いが起きてる。

「僕はすぐ壊してほしいなあ。あれだけ特殊な魔法陣なら、機能してなくても大きい手掛かりでしょ。いつまた魔物が出てくるかビクビクしたくないしね」

「そうだな。ああいう緻密《ちみつ》なものは、隅を少し途切れさせるだけでも作動はしなくなるはずだし、すぐ再現できる程度の破壊に落ち着くんじゃないか？」

二人の会話を聞きながら、私は別のことを思い出していた。

ザカライアの最期の日、アイザックに伝え損ねた予言があった。謎の不吉の予兆。

確かこの先、魔物が増え始めるビジョンを見ていたんだよね。あの時はずっと先のように思ってたけど、その時が今、訪れているのかもしれない。

この魔法陣と関わりのあることなのかは、まだ分からないけれど。

まあ、ぶっちゃけ、ただの子供で一令嬢の私には何もできないよね。またアイザックに丸投げだな。ご苦労さん。

トラブルもありつつ、私はこの日、同い年の友達を二人ゲットした。

うん、いい日だったね。次は女の子の友達を狙《ねら》おう。私と付き合えるような女の子、いるといいなあ。

閑話二　ノア・クレイトン（友人）

変わった女の子と友達になった。

初めて見掛けたのは、ハックワース伯爵家のお茶会。キアランの将来のお后《きさき》候補を一堂に集める企画らしい。

といってもそれほど大袈裟《おおげさ》なものでもなく、まずはお知り合いになりましょう程度のものだ。将来のご学友候補として、男子もちゃんと招待されている。

このイベントはなんとあの真面目《まじめ》なお祖父《じい》様の発案だ。何でも昔の腐れ縁の幼馴染《おさななじ》みに、国王陛下の御子《みこ》が生まれたらいつかやろうと持ち掛けられていたらしい。同世代の多くが学園入学まで面識もないままなのはもったいないし、子供のうちから選択肢が多いほうが選《よ》り取り見取りだろうと。

死んだ後まで動かすなんて、余程お祖父様にとって、影響力のある人だったんだろうな。

でも僕には関係ないし、当人のキアランも、正直乗り気ではない。義務で仕方なく、と言ったところ。

気持ちは分かるよ。僕ですら、同世代の女の子の前に出ると、猛獣の前に放り投げられた肉の気分になるもんな。王子様ともなると、恐ろしいことになりそうだよね。

キアランも王妃様のご実家で侯爵様方との魔物狩りに参加してる方が好きなタイプなのに。

悪いけど僕はとばっちりは御免だから、逃げさせてもらおう。キアランなら魔物の相手も慣れてるし、猛獣も何とかするだろう。せめてもの助けとして、愛用のウイッグを置いてきた。あの目立つ赤毛を隠して他の子供に紛れれば、相手が飾る前の素の顔が見られるからね。

正直、人間不信になるレベルで、人の裏表の格差のすさまじさに気付くかもね。これもお祖父様が子供の頃に、件《くだん》の悪友に教わったことだそう。その時は大喧嘩《おおげんか》になったけど、あいつが正しかったって、寂しそうに言ってた。

お祖父様はそういう友達を、僕にも持ってほしいのかもしれないね。

物心つく前から一緒だったキアランくらいしか、今のところ信用できる友達がいないから。

会場の庭園をこっそり抜け出して忍び込んだ一室。着替えてから庭の様子をうかがって、息を呑《の》んだ。

びっくりするくらいきれいな女の子がいた。まだ男同士で遊ぶ方が楽しい僕でも、ぼうっと見惚《みと》れるくらい。

あの子が現れただけで、その場の空気が変わる。奇抜にすら見える斬新なドレスをこれ以上ないくらいに着こなして、颯爽《さっそう》と、なおかつすごく優雅に歩いている。

まさに高貴な令嬢の見本。そして見るからに、意志も気も強そう。

態度も表情も自信に溢《あふ》れていて、真《ま》っ直《す》ぐ前を見ている。周りの誰《だれ》も眼中に入れずに。

あ、足を止めてキアランと見つめ合ってる！　何か話してるみたいだけど……あれ？　すぐ行っちゃった。あのキアランを気にも留めなかったみたい。多分あの子は、王子だと知っても、どうとも思わなそう。

あんなきれいな子が将来お嫁さんとかになったらかなり自慢だろうけど、とても僕には扱えそうにないな。キアランならどうなんだろう？

おっと、お祖父様が僕を捜してるみたいだ。予定通り、裏口から急いで抜け出した。

門から出てろくに歩かないうちに、角から曲がってきた馬車に驚いて、尻《しり》もちをついてしまった。

ああ、目立ちたくないのに。

馬車が止まり、ドアが開く。僕は驚いて凝視した。

さっき見た、あのきれいな子が飛び出してきた。僕を見ながら、なんかすごく驚いている。ああ、間近だとますます天使みたいだなあ。

でも僕は、更に驚くことになる。

はっと我に返った彼女は、僕に駆け寄り、途轍《とてつ》もない勢いで心配してくれた。人間、慌てた時の方が本性が出やすい。

目の前の美少女は、ものすごく飾らない感じで……何というか、はっきり言ってかなりガサツだった。

何なんだ、面白過ぎる。美しいけれどきつい表面から、そこはかとなく漂う残念臭。

僕の知っているどんな令嬢とも違う。そもそも王子に何の関心もないから、このお茶会を早退してるわけだもんな。僕も女子受けする方なんだけど、全然興味も持たれてないし。キアラン同様にスルーか。

あ、門の向こうにお祖父様の部下が！　時間があったらもっと話せたのに。

後ろ髪を引かれる思いで、その場を後にした。また会えるといいなあ。

後でラングレー家の令嬢のことを周囲に聞いてみたら、変わり者エピソードがザクザクと出てきた。お茶会でキアランに注意を受けて、キレて帰ったらしい。ますます面白い。


そしてその機会は程なく訪れた。

花屋から出たところで、先にキアランが気が付いた。

前回と違って、令嬢の鑑《かがみ》のような立ち居振る舞い。

彼女は僕達の素性は察してたけど、名前を知らなかった。興味持たれてないのは分かってたけど、僕はともかく、王子の名前も知らないって、普通ないよね？

やることも突拍子もない。自ら街の花屋に乗り込んで、その場で花束を作らせてしまった。見ず知らずの少女の追悼のために。それもとんでもなくド派手な花束を。

気が強そうという第一印象は正解みたいだけど、嫌なタイプでは全然ないな。もう、行動力が普通の令嬢から掛け離れてるせいかな。信じられないくらい可愛《かわい》いのに、なんか男同士な空気感？

だから、彼女の態度がすごくちぐはぐに感じる。これだけ取る行動が大雑把なのに、言動だけお嬢様ぶっててもしょうがなくない？

ちょっと突っついてみたら、子供同士の時だけ素で振る舞うことになった。多分周りの人も、君が思うほど君の体面なんて気にしてないと思うんだけど。ほら、後ろの侍女なんて平然としてるじゃない。

それから献花に行った後、恐ろしい事件が起こった。

突然の魔物の出現。けれどグラディスは、下手《へた》したらキアランより冷静に見えた。

何この人。豪胆にも程があるでしょ？　大抵の女の子は目の前をトカゲが横切っただけでも大騒ぎだよ？　なんでそんなどうでもよさそうな感じなの。

挙句の果てには、すさまじい勢いの飛礫《つぶて》を、華麗な身のこなしで蹴《け》り上げてしまった。

うん、今決めた。君は男友達と同じ扱いでいい。どうせ女の子として扱っても僕の手には負えないからね。

あれ？　そういえば、お祖父様も前に同じようなことを言っていたような……？

いずれにしろ、面白い友達ができた。いずれは学園の同級生にもなるし、これからが楽しみだね。

それになんだか、キアランの態度が普段と違う気がするのも、気になるところだ。どこの令嬢に対しても、王子として礼儀正しいけど、いつもどこかそっけないんだ。どこまでも型通りで。

それがグラディスには、ちょっと素顔を見せてる。友達と認めたからか、それとも……。

そこも含めて、これからどうなっていくのか、じっくりと観察していこう。

第四章　いくつかの再会

今日は、イングラム公爵家主催の武闘大会。
武器も魔術も何でもありのガチのやつ。
主催者はお祖父様《じいさま》……つまり、前イングラム公爵のギディオン・イングラム。現役にこだわって
バリバリ最前線に立ってきたあいつも、六十過ぎてやっと引退を決意した。まったく、いい年して
粘り過ぎだよ。
学園生時代の一番の親友だったけど、今も全然変わってない。

◆◆◆

出会ったのは、バルフォア学園の入学式の日。あれからもう半世紀にもなるんだな。

あの時の私は、三年間の遊び場になる学び舎《や》を、悠々と散策していた。校内の至るところで、仲間選びに奔走している同級生達を、他人事《ひとごと》みたいに眺めながら。

学園の第一の存在意義は、貴族の跡取りを鍛え上げること。

そのためには、全方向に強力なライバルが必要なわけで、超難関テストを潜《くぐ》り抜けてきた市井の優秀な人材が、生徒数の半分以上を占めていた。

一学年百人以上。身分も能力もバラバラだけど、学内では全員対等からのスタート。

横並びの状態の同級生達と、これからどう差を付けていくか——とっくに競争は始まっていた。

だから入学式当日、新入生の大半が最初にやることは、パーティー作り。学園の各種鬼イベントを単独で乗り切るのは厳しいからね。一週間後には、いきなり新入生歓迎バトルロイヤルが待ち受けている。殺伐とした雰囲気を縫いながら、のんきに散歩していた足を、中庭で止めた。

一人の少年が、ベンチで早弁ならぬ早パン。周囲からの遠巻きの視線なんて歯牙《しが》にも掛けず、一心不乱にお食事だ。

ライオンの鬣《たてがみ》を思わせる濃い金髪、同い年のはずなのにすでに現役騎士かのような体格。一見怖そうな雰囲気と奇行のせいか、あえて近付こうとする者もなく。

けれど私は彼の真正面まで直行した。食事の手が止まり、視線が上がった。鳶色《とびいろ》の瞳《ひとみ》と目が合う。

「こんにちは。私、ザカライア。私とパーティー組まない？」

これが当時の私、大預言者ザカライアと、後の公爵ギディオン・イングラムとの出会い。

「俺は、大会と名の付くものは、全部優勝をさらうつもりだぞ？」

見知らぬ美少女（自称）からの突然のお誘いに、少年は動じもしなかった。

「奇遇だね。私もそう。私と組めば、その目標は達成できるよ」

にっこりと断言。何故《なぜ》ならこれは、大預言者の予言だから。

この人の名前も知らなかった。ただ、一目見て分かった。コーネリアスやアイザックと出会った時と、同じ感覚があったから。

「ふーんじゃあ、組もうぜ。俺はギディオンだ。よろしく」

「ふふ、よろしく」

握手。――あっ、ちょっと手、拭《ふ》いてないでしょ⁉ なんか付いた～！ と手を振り払ったのも、今ではいい思い出。

こうしてパーティーはあっさりと結成された。

居合わせた同級生達は、後に言ったものだ。あの伝説の二人の、初対面から組むまでを、わずか三十秒で見られた――と。

この二人だけのパーティー。私は遠くまで見通す目と頭脳、ギディオンは作戦を確実に遂行する強力な手足となって、学園のイベントというイベントで、三年間、予言通り君臨することになった。

余談だけど、こいつが撃墜マークのタトゥーを背中に刻む噂《うわさ》の一族の跡取りだと知って、その場ですぐ見せてもらった。その時は何の絵か分からなかったから、完成したらまた見せてもらう約束までしたりして。

私は脳筋とは相性がいいから、いつまででも待っててあげるなんて笑ったものだけど、まさか、生まれ変わってから確認する羽目になるとは思わなかった。

◆◆◆

そんな相棒が、今や私のお祖父様。やっと楽隠居を決めてくれてよかったよ。私の母、グレイスの兄に当たるクエンティン伯父様も、一安心だね。

私《ザカライア》にとっては学園での教え子になるクエンティンが、新しいイングラム公。

グレイスが死んでからは、ラングレー家とイングラム家は縁が薄れたから、今の私《グラディス》はあんまり面識ないいんだよなあ。

今まで年の大半を領主として、領地で魔物狩りに費やしてきたギディオンは、これからは隠居して王都住まいが増える。

領地を出る前にはさよならパーティーを兼ねて、魔物相手に盛大な引退試合をやってきたらしい。この辺、笑えるくらい体育会系だよな。イングラム家の、当主引退時の恒例行事だとか。

クエンティンも、新当主としてのお披露目パーティーで、領民に派手な征伐パフォーマンスを見せたらしいから、代々派手好き一族なんだよね。

クエンティン個人がやりたくなくても、伝統的なお約束として周りに求められちゃうし。あいつ、どっちかというと地味なタイプなのに……タトゥーの件も併せて、ちょっと気の毒だ。学生時代、すでに諦《あきら》めの境地だったたし。

そして今日、ギディオンは王都向けの引退試合として、対人戦闘の競技会を行うことで挨拶《あいさつ》とする。

王都のイングラム公爵家別邸には、闘技場を兼ねた鍛錬場があり、腕に覚えのある騎士が自由にエントリーしてる。

応援席はお茶会と化し、戦わない貴族の社交の場としても機能する。もちろん私はこっち側。だって今日も、新作のドレスを披露するために来てるから。認めるのも癪《しゃく》だけど、派手好きの血は私にも確実に流れているのだ！　さすがにタトゥーは入れないけども。

せっかくおしゃれが楽しめる環境に生まれたのに、何が楽しくてわざわざ命がけの戦いなんかに身を投じなけりゃならんのか。私は体育会系ではあっても、戦闘狂ではありませんよ！

今日のドレスのコンセプトはずばり甘ロリだ！　あー、素材がいいから何着ても似合うわー。その辺のまがい物じゃないよ、本物の金髪碧眼《へきがん》だからね～‼　美少女サイコー‼

ロリータ服は本物のロリータ《少女》しか似合わないが私の持論。今のうちに着ておかないと、一生着れなくなるからね。遠慮はしませんよ！

ピンクに白に、リボンにフリル、バラの模様、ヒラヒラフワフワのヘッドドレス、ゴテゴテのパンプス。ああ、自重なしで目一杯やらせてもらいましたとも！　スカート丈も、この世界ではかなり際どい膝下《ひざした》くらい。フリルとタイツで誤魔化《ごまか》してるけど、いつかはミニ丈に絶対領域をさらしたい‼　だって今の私は、さらせるスタイルをしているのだから‼　そこに山があったらまず登るのだ！

そして次回はゴスロリも試したい。こんな天使がゴスロリを纏《まと》ったら、途轍もない小悪魔が降臨することになるんじゃない⁉　ああ、ぜひ見てみたい！

世界観が違うとかは気にしないのだ！　今日も私が一番目立つぞ‼

内心で気勢を上げながら、参加者の待機場所へと歩いていく。

前のグラディスはお披露目一辺倒だったけど、今の私は観戦にも興味がある。騎士の魔術込みの格闘とか、超面白い。

前世の知人との対面も、あったらあったで構わない。進んで会いに行こうとも思わないけど、あんまり不必要に恐れてても仕方ないし、無理してまで避けて回るつもりもない。それやったら、私引きこもり決定だから、そこはガンガン出てくよ。無駄な我慢が一番嫌い。

「グラディス！　応援に来てくれたのか？」

ギディオンが嬉《うれ》しそうに迎えてくれた。

……おお……子供の身で改めて見ると、熊のような威圧感だ。でも、少し老けてても、記憶の中のままの友人がそこにいた。

「はい。もちろん優勝なさるんですよね。お祖父様」

私はにっこりと発破を掛ける。

「当然だ。やるからには優勝以外ありえない」

ああ、このノリ。やっぱ懐かしいねえ。今まで武闘会なんて興味もなかった可愛《かわい》い孫が観戦してやるんだから、ぶっちぎれよ‼

「それにしても、以前にも増して更に派手になったな、グラディス」

ギディオンが複雑そうな表情で私の装いを眺める。

「我が道を行き過ぎるところがグレイスに似過ぎて、心配になるんだが……」

そのボヤキに、内心苦笑いだよ。あんた自身も教育失敗したとか思ってたんかい。

トリスタンに、私の教育のことでたまに口出ししてたのも、反省してたからか。まあ、さすがにあそこまで傍若無人ではないから、心配すんな！

「それでは、最前列で観戦させていただきますわ」

激励が済んで、観戦席へと戻る。紅茶と大好物のチーズケーキを食べながら、高みの見物と行こう。

前のグラディスは涙ぐましい節制してたんだけど、今の私はスイーツの味を前世で堪能し倒してるからね～。完全に断つのは無理だわ～。我慢のし過ぎはいやだし、運動と相談しながら適度に楽しむことにしてる。ホントはお酒も呑《の》みたいんだけど、さすがにそれは後四年の我慢。成人の十五歳になったら堂々の解禁だ。味を知ってるだけに、長いな～。時々たまらなく晩酌したくなるんだよな～。

あ～、ギディオンに会ったら急に呑みたくなってきた～!!

「やあ、グラディス。ここいい？」

そこに唐突に現れたノアが、遠慮なく隣の椅子に腰を下ろしてきた。

こらこら。別に断りはしないけど、返事くらい待ちなさいよ！　こいつ、薄々思ってたけど、私を男友達の列に置いたな。一周目、二周目と、同じ気配がするぞ。

こんなに美少女なのに、なんで？　恋してくれちゃっても、全然いいんですよ？

「ノアも来てたの？　こういうの、興味あるの？」

ノアの分のお茶とお菓子も用意させて、一緒に観戦することにした。ちょうど第一試合が始まるところだ。

「お祖父様の付き添いだよ。ギディオン様とは学園時代からの友人だからね」

「アイ……宰相様も来てるの？　でも、お祖父様とそんなに親しかったかな？」

思わず首を傾《かし》げる。

アイザックとギディオンにプライベートでの付き合いってあったかな？　ザカライアを通してそこそこって程度だったたと思うんだけど。あいつらタイプが違い過ぎたもんな。私がいなかったら、まともに関わることもなかったはずだぞ。

「他の仕事の話とかもあるんじゃない？　今は別の人の席に行ってるし。それはともかく」

ノアが私の装いを、間近にじっくりと眺めてくる。

「今日はまたとんでもなく派手だね。目立つからすぐ分かったよ」

「どう？　似合うでしょ？」

「うん。斬新過ぎるデザインなのにすごく似合ってる。君でないと着こなせないと思う」

おお～、素直な子は大好きですよ！　もっと褒めてもいいんですよ！

「だけど同時に、ラングレー家の財政事情を心配しちゃうな」

「そこは御心配なく」

ノアの歯に衣着せぬ評価に、私はただ笑って答える。

確かに外からは、私ってものすごい浪費家の、手に負えない衣装道楽なバカ娘に見えるだろうなあ。

いつでも全身を超一流のオーダーメイドで固めてて、それをいちいち新作でまともにやってたら、普通とんでもない額になるもんねえ。

私の場合、浪費する分以上の資金は、ちゃんと自分で稼いでるんだけど。

ドレスのデザインは全部私だから、マダム・サロメでドレスを仕立ててもまだ、受け取るデザイン料の方が余裕で上回るのだ。アクセサリーだってほとんど自作だから、素材の金額だけだし。

きっとこんな美少女に縁談の話がなかなか来ないのは、悪い噂が広がってるからなんだろうなあ。

「わあっ‼」

突然、流れ弾ならぬ流れ魔術が目の前で砕けて、ノアが驚きの声を漏らした。

おお〜、なかなかの迫力だね。観戦席に被害が出ないように結界の魔法陣が張ってあるから、安心して近くで見ていられる。怪我人対策で回復薬も治癒魔術師も完備だし、さすがにイングラム家の武闘会は本格的だよ。

魔術もアリのガチ対戦なんて、個人主催の大会程度じゃ普通ないからね。っていうか多分、力を抑えた戦闘じゃ、ギディオンが物足りないからなんだろうな。

「あれ……？」

闘技場の中央で立ち合っている騎士の片方に、私の視線が吸い寄せられる。

見たところ、十五歳以上の成人の部でも、参加資格ぎりぎりに近いくらいの年齢。まだ少年の雰囲気を漂わせる青年だけど、剣技も魔術も熟練の腕を見せ付けてて圧倒的に強い。

そして周りのご婦人方の熱い視線を一身に受ける見目麗しい容貌《ようぼう》。明るい金髪に緑がかったヘーゼルの瞳。長身の鍛え抜かれた肉体。

これはモテるわ〜。すごい美形だよ。でも重要なのはそれじゃない。


あの金髪って、予言に出てきた三人目だよな。絶対。


私はいずれあの騎士ともお知り合いになるわけか。おおっ、それは是非ともフラグが立つ日を楽しみにしていましょうか。

予言通りならフラれるわけだけど、まあ、それはそれ。大預言者の私が言うのもなんだけど、先のことなんて誰《だれ》にも分からない。まして黒いフードの男とは違って、私が殺されるわけでもない。

『金髪の青年』の彼なら、少なくとも命の危険はないんだから、美形と絡めるチャンスは最大限に生かさねば！

でも、まだなんか気になる。予言というだけじゃなくて……何だ、この感じ？　初めて会う気がしない。

首を捻《ひね》って穴が空くほど青年を見つめても、出てきそうで出てこない。あ〜、もどかしい‼

「あの人、なんだかすごく見覚えがあるんだけど、誰だったっけ？」

自力で思い出すのを諦めて、ノアに訊《き》いてみる。あの若さであれだけ強いなら、そこそこ知られてるかもしれない。

問われたノアは、呆《あき》れたような顔をした。

「王子のキアランすら知らなかった君らしいね。あんな有名人も知らないなんて。去年、王国主催の武闘大会での史上最年少優勝者だよ」

ん？　有名人なのか？　だから私にも見覚えがあったわけか。

「で、誰？」

「アヴァロン公爵家のルーファス様だよ」

「……！！！」

一瞬ぽかんとしてから、またガン見してしまった。

あれ、ルーファス君か！！？

ああっ、確かに面影がある‼

記憶にあるルーファスは六歳だったから、全然分からなかったわ！

◆◆◆

ルーファス・アヴァロンは、ザカライア時代の晩年に出会った少年。アヴァロン公爵家の跡取り。

バルフォア学園は、貴族の跡取りを鍛えるという性質上、希望者には早期教育を施すシステムがある。

せっかく一流の教師陣が揃《そろ》っているのだから、鉄は熱いうちに打てというやつだ。週に一回、希望のカリキュラムに特別参加できるようになっている。

この子が、父親の公爵のように強くなるんだとすごく頑張ってたんだけど、私から見ると明らかにオーバーワーク。子供の内からそんな無茶な訓練やって、身に付くはずがないのに。

私は大預言者の強権を発動して、訓練メニューをガラリと改変してやった。

特に遊びと休息を大胆に増やした。食事内容も細かく指導した。

これ、大預言者のスキルは一切使ってない。むしろ前世のトレーナーの知識。おお、まさかこの私が、知識無双する日が来るとは。

体育大で専門的に学んでたし、そもそも一流トレーナーの両親に、物心つく前から英才教育を叩《たた》き込《こ》まれてたんだから、完全に身に染みついてる。

意外と理解させるのが難しかったのが、休息は当然として、遊ぶことの大切さ。

私自身指導する立場になってみて、初めて実感した。他の全《すべ》てを除外して、剣と魔術の訓練だけしてる子供って、見ててすごく危うい。

視野や体の動き、ものの考え方がそれだけに固定されて、応用が利かなくなる。ふざけてるように見えても、遊びは大事なのだ。特に子供には。

より多くの多様な経験をさせることが、柔軟さを培い、将来できることを増やしてくれる。

これ、勉強一辺倒だったアイザックにも言えたこと。あいつにはタチの悪い遊びに随分付き合わせたし。そういう意味では、ヤツは私の最初の教え子になるのかもね。今ではなかなか酸いも甘いも噛《か》み分けたやり手宰相に育ってる。

前世の両親のアウトドア好きもそういう意図があったんだと、初めて気付いたものだった。パパママ、感謝です。

子供は結果が出るのが早い。数か月後には、すっかり私を信頼して、恩師と崇拝するルーファス君がいた。

すっかり懐いてくれて、王城で会った時なんかは、庭で遊んであげたものだったけど、そこで、私が半世紀近く隠してきた最大の弱点がバレたりした。

実は私、前世から毛虫だけはダメなんだ。見ただけでゾワっとしちゃって、生理的に無理。いつもは危険値最大レベルの予知で回避してたのに、この時はたまたま遭遇してしまった。

いい年のオバちゃんが毛虫ごときで、六歳児に襲う勢いで縋《すが》りついてゴメンね。でも内緒にしてね、と固く約束。

ルーファスは、先生も人間なんですね、って笑ってくれてほっとしたよ。言い方ちょっと引っかかるけど。

いずれにしろ、今世ではこの弱点はバレないように気を付けなければ。

今は多分十七～十八歳？　バルフォア学園の最上級生か。あんなに可愛《かわい》かったあの子が、まあまあ、なんてことでしょう。こんなに立派な騎士になって……。先生、感動です。

っていうか、お前が予言の五人の内の一人かい⁉

記憶が戻ってなかったら、私はルーファスに粉かけてたわけか。いや、確かに今の姿を見れば、手を出したくなる逸材ではあるけれども。

おお～い‼　私、教え子には手を出しませんよお⁉

なにこれ、禁断の背徳感で悶《もだ》えさせるパターン⁉　とはいえあの子は、もう教え子でも子供でもないぞっ。むしろ私より年上！　そして今の私は何のしがらみもない自由の身！　……う～ん。

まあ、なるようになるか。未来はまだ決まってないんだし。

◆◆◆

決勝戦は、想像以上にすっごく盛り上がった。

前評判通り、イングラム前公爵対アヴァロン次期公爵。

本来公爵クラスは、領地を守る戦闘に全力を注ぐから、武闘会とかのお遊びには出てこない。それに伯仲する実力者同士の対戦となれば、滅多に見られない好カードだよ⁉

老練な戦闘技術を惜しみなく駆使する前公爵ギディオンと、若さ漲《みなぎ》るパワーで勢いに乗って押しまくる次期公爵ルーファス。

おおおおっ、どっちもすごいぞ‼　これは燃える‼　私も格闘の観戦は、一周目の時から大好きだからね。しかも魔術ありで、とにかくド派手‼　これは血が騒ぎますよ！

実戦を重ねてきた者同士の戦闘って、やっぱり桁外《けたはず》れだわ。スラムから王城に上がって、初めて騎士なるものを見た時に気が付いたんだけど、この世界の人間は、強さに上限がない。

ゲームみたいに、レベルだのスキルだの固定された職業だのってのはないけど、積んだだけの経験値が、きっちりと確実に強さに重ねられていく。

だから、王都で普通の人間相手に稽古《けいこ》するのと、魔物の生息地で本物の殺し合いやってるのとじゃ、強さの成長度合に著しい差が付く。それこそ一般人と変身ヒーロー並みに。

魔物相手に、魔術と戦闘技術を磨いてる騎士の強さって、掛け値なしに化け物級。今、参加選手として集まっている騎士は、見習いや子供ですらも人間離れした強さ。

だから、才能の差はあるとはいえ、一番の魔物多発地帯で戦っている公爵が、一番強い方式が成り立ちやすい。やった分だけの努力が実るという点では、いい世界だよね。

アスリート時代は数万人の観衆の前で試合をしてきた身としては、かっこよく戦う姿がちょっと羨《うらや》ましくもある。

でも、同じ土俵に上がりたいとは、大預言者の時代から思わなかったな。そもそも、武器の類を持つつもりがないからね。日本人の記憶があるからなのか、自分が剣を振るって血の雨を降らすビジョンがまったく浮かばなかった。

そもそも魔力がゼロだから、私だけはどんなに努力しても実らない残念な例外。スタートラインにすら立てないのは、負けず嫌いの元空手家には癪《しゃく》な話だけどね。

そんな騎士の中でも、この二人は国の頂点に近い強者《つわもの》。私的な大会とはいえ、注目度は新聞に載っていいレベル。

しかも親友対教え子の戦いだなんて、興奮しないわけがない。

でも、黄色い悲鳴はほぼ百パーセント、ルーファスが独占してるから、私くらいはお祖父様を応援してやろう。

私とノアはお喋《しゃべ》りしながら、観戦に興じる。

「すごい歓声。耳が痛いくらい」

「さすがにルーファス様は女性に大人気だよね。ご本人は強さを評価してほしいだろうけど。キアランの目標は、ルーファス様みたいに強くなることなんだよ」

「そこは王妃様譲りなんだ」

「だね。将来の王様があそこまで強くなる必要はないんだけど」

「生まれた時から道が決められてるんだから、子供の間くらい好きなことしたらいいんじゃない？」

教師時代から、レールに乗るのが当然の子供をたくさん見てきた。大体私自身、大預言者として国家によって最大強固なレールに乗せられていた身の上だった。余裕があるうちに、世界は広げといた方がいいよね。

私のお気楽な意見に、ノアが笑う。

「君は目一杯好きなことだけしてそうだよね」

「大人になってもその予定だよ」

「ダメな大人にならないでね……」

生温かい目を向けてくる十一歳の友人……。

いやいや、何を言っとるんだ。こう見えて教師生活三十年だぞ！　ダメな大人だったかどうかは評価が割れるところだけども！

「あ、決着がつくね」

結果は、ギディオンの貫録勝ち。負けても、ルーファスは爽《さわ》やかな顔で、握手に応じていた。あの子は昔からいい子だったからねえ。

あ、ルーファスがこっち向いた。目が合ったよ。ギディオンの奴《やつ》、あれが俺の孫だとかなんとか言ってるな。見合いとか勧めてるんじゃないだろうな。よし、頑張れ！

ただ、ルーファスと言って思い出すのは、トロイなんだよねえ。ルーファスの従弟《いとこ》の。二周目の死の直前、一番の心残りとして思い出した、私にとって特別な子だった。

あれから十一年。トロイも今は十七〜十八歳のはずだよね。あの後どうなったんだろう。あまり前世のことに関わるつもりはないんだけど、それだけは知りたいなあ。教師として、あの子の問題にとりかかったところで事故死しちゃったから。

調べようにも方法がないんだよね。人知れずってのが厳しい。ああ、今の私って、すごい無力だなあ。

多分バルフォアの学生だろうから、週一回の特別授業を申し込んで、情報を集める手もあるんだろうけど、あそこ知り合いだらけだし、すっごい藪蛇《やぶへび》になりそう。

そもそも私、特別授業なんか申し込むキャラじゃないし、確実に悪目立ちする。そういう目立ち方は違うんだよねえ。

優勝したぞアピールをしてるお祖父様に、おざなりに手を振り返しながらしばらく考え込み、これも保留とした。

前世を持ち込むのは、基本パスでいいよね。私、十一歳のただの女の子だし。大体前世の責任を持つだなんて、無茶な話だよ。接触の機会があったら、できることくらいはするけど、無理して近付かなきゃいけないってものじゃない。

うん。そのスタンスで行こう。学生とはいえ彼ももう立派な成人男性だ。

「休憩挟んで、次は未成年の部だね。もう帰るかもしれないから、僕一度お祖父様と合流してくるね」

「分かった。じゃあ、とりあえずここでサヨナラってことで。またね」

ノアを見送ってから、私も席を立った。

闘技場の方に目を向けると、場外負けありの未成年仕様に変更されてるとこだった。

普通、子供の試合を先にやるもんだろうけど、この国はそういうとこ甘くない。先に試合をやったら、疲れて大人の試合が見られなくて、貴重な学習の機会を失うという理屈。だからたとえ盛り上がりには欠けようとも先に大人のガチ対戦を見せるわけだ。まあ、確かにすごい試合だったけど。

さて、私もギディオンの健闘を讃《たた》えにでも行こうかな。

一旦《いったん》屋敷に引っ込んだみたいだから、プライベートエリアの辺りを探せばいるかな。

孫の特権で、警備に挨拶《あいさつ》しながら、屋敷に入り込む。

お祖父様の屋敷とは言っても、来たのは初めてなんだよね。イングラム家の王都別邸って。特に用事もないし、いつも奴が私に会いに来るからなあ。まあ、貴族の屋敷なんて大体似たようなもんでしょ。

適当に歩き回ってると、角を曲がったところで、ギディオンとアイザックがちょうど部屋に入って扉を閉めるところが見えた。

「あれ？　アイザック屋敷にいたのか。ノア、今頃《いまごろ》外で探し回ってるね」

なんだか気難しそうなおじいちゃんになってた。子供の頃はあんなに可愛かったのに。ついにあいつにも会っちゃったか。

◆◆◆

アイザックは、ザカライアとして王城に入ったばかりの私に初めてできた、一つ年下の幼馴染《おさななじ》み。将来大未来の国王コーネリアス・グレンヴィルと、同じく宰相予定のアイザック・クレイトン。将来大預言者として一緒に仕事をすることになるから、王城では大体共に過ごした。

穏やかな癒し系王子のコーネリアスと対照的に、アイザックは頑なな意地っ張りだった。

弱冠六歳にして、とにかくクソ真面目な堅物。私みたいな型にはまらないテキトーなタイプが、気に入らなくてしかたなかったようだ。

なのに私が想定外に優秀なものだから、余計ムキになって張り合ってきたりして。負けん気が強いのは悪くない。競争大好き、元トップアスリートとして、当然オトナ気なく返り討ちにした。

元は脳筋の勉強嫌いが、一転して頭脳明晰《めいせき》キャラに確変！　大預言者のせいなのか、私の頭脳は天才と言っていいできで、一度目を通したものなんかそのまま記憶できるくらいだった。それでもライバル視してきてくれてたから、面白くてついからかっちゃったもんだ。

なんだかんだで成人してからは、国王になったコーネリアスを一緒に支える一番の相棒になった。


ザカライアとして死ぬ直前、最後に一緒にいたのもあいつ。

コーネリアスの急逝で、怒涛《どとう》の三か月を過ごして、やっと一段落が付いた頃、アイザックを下町の安酒場に誘った。一番楽しかった学園時代、街に抜け出して三人で飲んでいた思い出の店に。

忙しいアイザックが、文句も言わず付き合ってくれた。

今思えば、まるで別れの挨拶みたいだったな。なんであんなセンチメンタルな追悼会を開こうなんて思ったのか。

きっと運命だったんだろう。私の予感が、すでに目前の自分の死を受け止めていたからなのかもしれない。

「いい奴ほど早く死ぬもんだよね」

あの時、私はしみじみと呟《つぶや》いた。コーネリアスの死因は脳梗塞《のうこうそく》。事故や暗殺でもない限り、私にも回避はできなかった。

「老け込むのはまだ早い。エリアスを一人前にするまでは、楽隠居できると思うな」

アイザックが、いつも通りぶっきら棒に応じて。

「ふふふ、憎まれっ子は長生きするもんなんだよ」

「じゃあ、お前が一番長生きだ」

「もちろんそのつもり。今度生まれるあんたの孫だって、いずれ学園でしごいてあげるよ」

「あまり馬鹿なことばかり教えるなよ。うちの娘も、悪いことは大体お前から教わってる」

「あんたもでしょ」

半世紀近く付き合った幼馴染みとの、遠慮ないやり取りは楽しかった。そこでアイザックがふと思い出したように言った。

「エリアスとアレクシスは、生まれる子が王子だったらコーネリアスと名付けるつもりらしい」

「それはよくないね。やめさせよう」

私はきっぱりと否定した。

「たとえ生まれ変わりだったとしても、新しいまっさらな人生であるべきだよ。前の他人の人生を、勝手に背負わせちゃダメ」

私の言葉は、アイザックには意外なようだった。

「お前は転生を信じていたか？」

「ははは。私、転生者だからね。前の人生の記憶あるよ」

「それは初耳だ」

「初めて言ったからね。あんたがまったく驚かないのが、驚きだけど」

「今更だ。お前なら何でもありだろう」

酒を酌み交わしながらの、淡々とした会話。結局あの人生で、一番長く顔を突き合わせた奴だった。私の事故死は、その帰り道の夜更け過ぎ。

きっと生まれた子の名前がキアランになったのは、あんたの働きだね。私の遺言のようにでも思ったのかな。素っ気ないけどやることはやってくれる、そういう幼馴染みだった。

◆◆◆

さて、どうしよう。懐かしさはあるけど、今のとこ、無理に会いに行くつもりもない。だけど、あの二人がどんな話をするのかは興味あるなあ。

よし、こっそりのぞきに行ってやろう。


のぞくと決めたら、まずは隣の部屋に潜りこんだ。すぐに窓から出て、目的の部屋の窓の下に忍び寄ってみる。

こういう時こそ大預言者の危機感知能力の出番。

あれ？　今気付いたけど、私、けっこう泥棒とか向いてるわ。隠れ場所とか逃走経路とか金目の物のありかとか、完璧《かんぺき》だよ。むしろそのための能力かのようだよ？　道を踏み外さないように気を付けよう。

窓の隅から、ちょろっと中をうかがってみる。

「わざわざ呼びつけてまで二人きりでの話があるとは、どういう風の吹き回しだ？」

おっと、アイザックだ。よし、声もよく聞こえる。ギディオンが呼び出したのか。やっぱあんまり親密な付き合いはなさそうな感じだね。

「悪いな。お前に、どうしても言っておかなければいけないことがあってな。とりあえず呑《の》むか？」

「いらん。大事な話をするというなら呑むな」

「呑まなけりゃ、やってられない話だからな」

なんか、初っ端《しょっぱな》から空気重いなあ。こんな深刻なギディオンは初めてだ。一体何言う気だろう？

「いつか引退して、責任のない立場になったら、お前にだけは伝えなければならないと思っていた。この時が来るのを忌避して、今までずるずると現役を続けていたのかもな」

そう言ってグラスを一息にあおる。あいつ、ホントに昼間っからがっつり呑んでやがる。

「お前はずっと、十年以上こだわっていただろう。誰《だれ》が犯人か、とうとう分からなかったからな」

ん？　何の話？　なんかの事件の犯人？　窓越しにも、アイザックの動揺がうかがえる。

「まさか、知っているのか!?」

「……俺の娘だ。グレイスが、ザカライアを死なせた」

ぶ～っ！！！

え～～、私のことかい！！？　馬車の轢《ひ》き逃《に》げ事件か！！？

いや～～～～！　なんか、空気が更に重くなってんですけど‼　マジでかんべんして～～～‼

そんな十二年近くも前に終わったことで、なに険悪な感じになってんの⁉

私のために争わないで～～とか、冗談言ってる場合か‼

「どういうことだ」

「国中が犯人捜しでひっくり返ってた頃《ころ》に、娘の御者が自殺して……俺宛てに残された遺書で、全《すべ》て分かった。八つ裂きにしてやろうと思っていた轢き逃げの犯人は、俺の娘だった。その時グレイスは妊娠していて、せめて生まれるまではと目を瞑《つぶ》った。可能な限りの隠蔽《いんぺい》もした。出産でグレイスが死んで、残されたグラディスを見たら、ますます言えなくなった」

あ～あ～、もう、ギディオンもなに馬鹿正直にゲロってんだよ。あんた悪くないから。まあ、バカ親ではあったけど、あんたも背負ってるものが普通とは違うし、しょうがないとこあるよ。

それよりあの御者、自殺しちゃったのか。気の毒に。後で被害者の正体知って、ぶっ飛んだろうね。自首が許される状況じゃなかっただろうしな、あの主人じゃ。

それでなくたって、イングラム公爵家とラングレー公爵家の進退にも関わることだ。荷が重過ぎるわ。

大預言者殺しって、確実に国家反逆罪で死刑だもんなあ。そこまで考えてなかったわ。

ギディオンも、そんな懺悔《ざんげ》とかもういいんだよ。別に気にしてないんだよ、私は。そもそも、今ここにいるし！

現実的に考えて、あんたが真相を公表してたら、私、大預言者を殺した女の娘ってことになってたからね？　そんな大罪人の身内扱いとか絶対やだし！　下手《へた》したら監獄で生まれてたとこだよ⁉

被害者の私がすでに許してるのに、蒸し返したって誰も幸せにならないでしょ。

結果オーライで、問題ないじゃん！

でも私が出てって、気にすんなとか、言ってやれないし、どうしたもんかね。

「……分かった。もういい、気にするな」

おお、アイザックが代わりに言ってくれた！

「気にするな？」

「お前は、私に断罪でもさせるつもりか？　私はもう納得した。犯人はすでに死亡している。これ以上、私がすることはない」

「お前は、それでいいのか？　真相を渇望するお前を見ながら、俺はずっと隠してきたんだぞ」

「自分の娘があいつを死なせた事実を、隠蔽し続けてきたことか？　それはお前にとって、最大の罰だ」

淡々としたアイザックの言葉。ギディオンは、黙って俯《うつむ》いちゃった。

うん。今の顔を見られたくないんだね。十一年間も一人で抱えて、よく我慢したね。私《グラディス》を見るのは、嬉《うれ》しくても辛《つら》かったのかな。

あんたのおかげで、私は今幸せだよ。

だからもう、本当にいいんだよ、ギディオン。自分を許しな。

アイザックは、空のグラスに自分で酒を注《つ》いで呑み始めた。

「ザカライアは、そんな細かいことは気にしない。それでお前が苦しむことの方を、よほど嫌う奴《やつ》だ。今更騒ぎ立てても、誰も幸せにならんからやめとけと言われるだけだ。あいつのことだからきっと今頃《いまごろ》は、残された人間の苦悩など気にも留めずに、またどこかで生まれ直して楽しくやってるさ」

アイザック〜〜〜〜う！！！　お前、ホントいい男になったな！　言いたいこと全部言ってくれたよ‼　ちょっと私を無神経に捉《とら》え過ぎだけど、やっぱりお前が一番の理解者だよ！！！

「お前には、かなわないな……」

ギディオンも、一緒にグラスを傾けて呟いた。

ううう っ、男の友情、ごっつぁんです‼

◆◆◆

そっと窓から離れた。これ以上はお邪魔虫だ。

お祖父様を捜す孫娘のふりして、自然な初対面を演出するって手も考えないわけじゃなかったけど、あの空気の中に割り込むほど無粋じゃないからね。

アイザックを捜してるはずのノアには悪いけど、もう少し放っておこう。

屋敷内から窓の外に出たせいで、なんか外れた場所に来ちゃったな。プライベートエリアだから周りに誰もいないや。

さっきから闘技場の方で、歓声が上がってる。もうとっくに未成年の部が始まってるらしいね。

そっちは参加人数少ないし、勝敗も判定だから、すぐに終わっちゃうんだよね。今、何試合目くらいだろう？

未来ある子供達の真剣勝負も、それはそれで面白い。

とりあえず歓声の聞こえる方目指してけばいいや。中庭突っ切ったら行けそう。

適当に進んでいくと、向こうの方に参加者らしい子供達が見えた。やっぱりこっちでよかったんだ。

ん？　なんか様子がおかしいぞ？　ケンカしてる？

よく見ると、私と同じ年頃の女の子一人を、三人の年上の男の子が取り囲んでいる。

逆ハーレムならうらやましいところだけど、そういう空気じゃないぞ。なんかイヤな感じだ。

「今日の対戦のできは何だ、ソニア」

「あれではエインズワース家の名折れだ。お前の世話を任された俺達も、お祖父様や叔父《おじ》上に申しわけが立たない」

「お前はあのざまで満足できるのか？　アレクシス叔母《おば》上にあの不甲斐《ふがい》ない戦いを見せられるか？」

「……い、いいえ……」

あらら……試合のできが悪くて、身内から吊《つる》し上げられてるわけか。なんか、覚えあるわあ……。

ああ、あのなんとも言えないイヤな感じ、思い出すなあ。身内程遠慮なくザクザク心をエグッてくるから、タチ悪いんだよなあ。

エインズワースというと、アレクシスの実家だね。

学園教師時代のザカライアの教え子の中でも、ひときわ印象に残る女の子。何しろ現在の王妃だからね。

あの当時すでに学園において完全無欠のお局《つぼね》だった私は、思春期の少年少女達の甘酸っぱい青春模様のデバガメが、一番の趣味だった。大好物のチーズケーキを二口で頬張《ほおば》りながら、リビングでテレビを鑑賞するかの如《ごと》く生温かく見守っていたものだ。

赤ちゃんだったあのエリアスが、侯爵家のお嬢さんとなんかいい感じにっ……感慨深くコーネリアスの息子を見守った。もちろん教師として！　そこはしっかり強調しとこう。

歴史小説をラノベ感覚で読んでた身には、この世界はリアルにドラマだからね～。

侯爵令嬢アレクシスは、父親の侯爵や兄君達に混ざって魔物狩りをする超武闘派令嬢。エリアスは、コーネリアスによく似た文官系の穏やかな才人。正反対なのに、反発しつつも何故か惹《ひ》かれ合う王子と令嬢。もし結婚すれば、王妃として王城に収まらなければならない、自由と恋との板挟み。

ああ、オバちゃんトキメクわ～‼ 見守《ストーキング》っちゃうし脚本にも手を出しちゃうよ～！

なんて脳内で勝手にはしゃぎつつ、相談事にはそんな内心なんかおくびにも出さずに教師面で応じたもんだ。

そんなアレクシスも一国の王妃として、すでに世継ぎの王子も生んでるし、実に時の流れを感じるね〜。

そういえばアレクシスって、何気に一周目の私と環境似てるんだよね。エインズワース家もゴリラの武闘派体育会系。戦闘特化の兄貴が五人もいたもんなあ。私よりスゲーわ。

十年前の時点でも、すでに甥姪《おいめい》が何人もいたし、あの様子だとあの子達、年の近い従兄妹《いとこ》同士ってとこかな。

それよりあの女の子、ソニアだっけ？　見覚えがある。

確かキアランのお茶会《合コン》にいた、背の高いきれいな黒髪の子だ。アレクシスの姪《めい》だったんだね。ってことは、キアランの従妹《いとこ》かな？

あーあー、それにしてもちょっとやり過ぎだね。ただでさえ負けて打ちひしがれてるとこ、ガンガン責め立てられて、すっかりヘコんで委縮しちゃってる。いくら可愛《かわい》い年下の従妹にカツを入れるにしても、これは逆効果だよ。兄ちゃん達。

「最近、付き合い程度の茶会でも、ずいぶんチャラチャラとめかし込んでるそうじゃないか。たるんでるんじゃないのか？」

「そ、それは……っ」

おっとそこまでだ。聞き捨てならないぞ。女の子がチャラチャラめかし込んで何が悪い。完全に戦う男達の中で生まれ育って、女の子の扱いがなってないな。

「失礼。何か問題がおありかしら？」

私は遠慮なく割って入った。四人の視線が、予期せぬ闖入《ちんにゅう》者に一斉に注がれる。

「私はグラディス・ラングレーと申します。ギディオン・イングラムの孫として、何かトラブルがあるならお祖父様にご報告しなければいけませんわね」

全員びっくりした顔で私を凝視してきた。ふふふ、主催者の身内のご登場！　使える虎の威は目一杯借りるぜ！

数秒の沈黙の後、気を取り直した一人が反論する。

「こ、これはエインズワース家の身内の問題だ。あなたには関係ない」

「そうは参りませんわ。何かあれば、お祖父様の顔に泥を塗ることになりますから」

あくまで令嬢然とした会心の笑顔で圧力を掛ける。でも少年も頑張る。さすがの負けん気だ。

「戦いもしない者が、元公爵の名を笠《かさ》に着て介入なさるおつもりか？」

「あら、面白いことをおっしゃいますわね。エインズワースの名で、こんな可愛《かわい》らしい女の子一人に、よってたかって圧力を掛けていらした方が」

おほほ、と笑って見せる。

「そ、それは……っ」

「女性を守ることも騎士の務めかと思っていましたけれど……エインズワース侯爵家の方々は、随分と無頼の輩《やから》なのかしら」

「当家を侮辱するつもりか」

「とんでもありませんわ。エインズワース家と言えば、強く洗練された騎士の鑑《かがみ》と言える方ばかりと信じておりますのよ？　年下の従妹が、それはもうどうしようもないほど大変可愛くて仕方ないのは分かりますけれど、少々お熱が入り過ぎていたのを窘《たしな》めたかっただけですわ」

私の含みを込めた発言に、図星をさされた少年達の顔がぱっと赤くなる。しかも三人ともかい。おーおー、好きな子にちょっかいかけちゃう心理ですな、少年達よ。私も思春期のお年頃にちょっかい出すのが大好きです！

そしてモテモテの可愛いソニアちゃんがうらやましい‼

「確かに彼女も戦う者なのでしょうけれど、一人の女の子でもあるのですから、今後のためにも紳士として女性の扱い方を学ぶ必要があるのではないかしら？　押すだけが能ではありませんのよ？横並びのレースから抜け出すにはね」

くすくすと更に言外の意味を込める。三人はお互いの顔を見合わせた。

「着飾った彼女はとてもおきれいでしょうね。それを大らかな目で見守るのも、余裕ある殿方の甲斐性《かいしょう》というものですわ。おしゃれが嫌いな女の子なんていませんからね。そうでしょ？」

目を丸くして私を見てたソニアは、慌てたように頷《うなず》いた。そうだよねえ。こんなに素材がいいのに、戦闘にかまけて磨かないのはもったいないないよ。

「ところであなた方、次の対戦は大丈夫かしら？」

すかさず私に指摘されて、三人は「あっ」となった。ねえ、君達、たるみ過ぎだよ。好きな子にチャラチャラし過ぎじゃないかい？

「お待ちなさいな！」

慌てて走り出そうとする彼らを、ぴしゃりと呼び止める。

「女性を置き去りにしていく紳士がどこの世界にいますか。どなたが彼女をエスコートして下さるのかしら？」

「「「俺が……」」」

「では、あなたに。よろしいかしら？」

一番早かった少年を選び、ソニアに確認する。やっぱり黙ったままこくこくと頷いた。私に軽くお辞儀をして、従兄《いとこ》達に連れられて急いで去っていった。

ふふ。なんか可愛い。戦いに打ち込んでたって、やっぱり小さい女の子は可愛いね。小さくなくなると、ものすごくごつくなっちゃったりするけどね。

それはともかく……。

こらこら。女性を置き去りにする紳士がありますか。

一人残された私は、もう一回心の中で呟《つぶや》く。こんな美少女を眼中に入れないとは、エインズワース家の男達、恐るべし！

まあとりあえずあっちの方に行けばいいらしい。

「私がエスコートしましょう、グラディス嬢」

歩き出そうとした私の前に、一人の騎士が現れた。

ルーファスだ。

子供の頃《ころ》の面影を残した笑顔で、彼は私の手を取った。

「初めまして、ですね？」

ルーファスがにこやかに挨拶《あいさつ》してくる。私も平然と微笑を返す。

「まあ、ルーファス様。先程の決勝戦は、お祖父様相手に大変な健闘でいらっしゃいましたね」

「ええ、いい経験をさせていただきました」

私の手を取って、並んで歩きだす。

「いつからそこにいらしたの？」

「実は初めから」

ルーファスは困ったように笑う。

「彼らをどう仲裁しようかと考えている間に、あなたが収めてくれましたので」

「まあ、ルーファス様にも恐れるものがあるのかしら？」

「子供とはいえ、他家の方針への口出しは覚悟がいりますよ。助かりました」

昔と変わらない素直な笑顔で、年下の私にお礼を言ってきた。

あー、ホント、変わらないなあ。昔は私が見下ろしてたのに、こんなに大きくなって。まだ学生とはいっても、アヴァロン公爵家の跡継ぎとして、年少の指導とかに苦心してるのかもね。

図らずも今世での再会を果たしちゃったね。完璧《かんぺき》な令嬢を演じて、ザカライアとは正反対の今のグラディスを印象付けときましょうかね。

「あの方達とはお知り合いで？」

「ええ、エインズワース家の子は、バルフォア学園の特別授業によく参加しますから。たまに授業で立ち合うこともありますよ」

楽しく世間話をしながら歩く。よしよし、いい調子だ。我ながら素晴らしく優雅な立ち居振る舞いだぞ。これなら気付かれるはずがない。

その私に、この時あり得ない事態が起こった。

ぼとっ。

はて、何でしょう？　軽い衝撃を覚え、スカートの裾《すそ》の方へと視線を落とし、そこで硬直した。

毛虫さん、こんにちは。

「ぎゃ～～～～～～～～～～～～～っ！！！」

ええ、あげましたとも、令嬢にあるまじき絶叫を‼

私の唯一と言っていい弱点だよ。大嫌いなんだよもう、魂の底から‼

唖然《あぜん》とするルーファスに何も考えずにしがみついてた。

「無理無理無理無理無理‼　私毛虫ダメだって言ったじゃんっ‼　早く早く‼　早く取って、ルーファス！！！　ホント、マジ無理だから！！！」

ものすごく驚いた顔をしたルーファスは、毛虫を素早く払った後で、輝くくらいの笑顔を見せてくれた。

「先生。転生されてたんですね‼」

何その絶対的な確信の断言。イヤイヤ、普通そんな思考にすぐたどり着くものですか？　君に常識はないのですか？　先生そんなのは認めませんよ。

「ああ、申しわけありませんわ、ルーファス様。こんなに取り乱してしまって」

「いえ、そういうの良いですから。絶対ザカライア先生ですよね。またお会いできて嬉《うれ》しいです！」

だから、人の話を聞きなさ〜〜〜い‼

って、もう無理か……。何でそんなに自信持ってんの？　私の毛虫嫌いエピソード、魂にでも刻んでんの？　あんた、ザカライア崇拝し過ぎだよ。もう何言っても無駄っぽい。さっきまでの礼儀正しい仮面を投げ捨てて、子犬のようにキラキラした目で、私を見下ろしてる。心の底から嬉しそうだ。

あ〜〜、ホントに、変わってないなあ……。こんなに大きくなったのに。

「――内緒にしてね？」

「はい‼」

うん。実にいいお返事です。でもその後不思議そうな表情をする。

「ですが何故《なぜ》ですか？　先生がいらっしゃることを知って喜ぶ人はたくさんいますよ？」

「私、今度の人生は普通に生きたい。普通に結婚して、普通に子供産んで、普通に家族持ちたい。分かってくれる？」

「……はい」

私の言葉に、ルーファスは少し悲しそうな表情で頷いた。

「先生の葬儀はとても盛大でしたけど、ご家族と呼べる人は、一人もいませんでした」

「ああ、君も出席してくれたんだね？」

「はい、とても悲しくて、すごく泣きました。まだ六歳でしたから」

「トロイはどうしてる？　大丈夫だった？」

バレた以上もう気にする必要もない。一番の気がかりを聞いてみた。

ルーファスの同い年の従弟。私のもう一人の、大きな問題を抱えた小さな教え子。死の直前、一番に思いを馳《は》せた、私にとって特別な存在だった。

「ええ、しばらくは引きこもって深く悲しんでましたけど、徐々に立ち直りましたよ。それまでと逆に、どんどん外に出ていくようになって。今ではむしろ社交的なくらいで、積極的で明るくなりました。アヴァロン領での戦闘にもよく参加していて、まだバルフォア生ですが、今では安心して後衛を任せられるほどの魔導師です」

「……そうか、よかった」

ほっと息をつく。なんだか肩の荷が下りた気分だ。何もしてあげられなかったからね。自力で乗り越えて、なんとか頑張ってるんだね。

「しかし、もったいないですね。先生ほどの方が普通の令嬢としてだけ生きていくのは、国家の損失です」

「ホントそれやめて。現状、むしろ君の方が私より格上だからね？　そんな態度取られると、ホントに困るから。対等以上の態度で接してもらわないと」

「……すいません、先生。気を付けます」

ルーファスは私に叱《しか》られてしゅんと謝る。

「まず、『先生』がダメ！　グラディスと呼んで」

「グ、グラディス……様？」

「様もダメ！　はい、グラディス！」

「……グラディス……」

ああ、本当に素直な子だなあ。ん？　待てよ？　これ、私の人生キラメキ計画にどうよ⁉

よくよく考えれば、ルーファスはスペシャルな超優良物件‼

顔良し、性格良し、家柄良し、能力も最上級で、しかも私の秘密を知り、なおかつ私に従順‼

これはほっとく手はないでしょ⁉

燃えるような激しい自由恋愛も憧《あこが》れるけど、幼い頃から決められた許嫁《いいなずけ》というのも捨てがたいトキメキシチュエーション！

年上の素敵な婚約者と穏やかに育む恋！　妹のようだった少女が、いつの間にか美しい女性に……！

ああ、トキメキが過ぎるでしょ～～～⁉　これはこれでまたオイシイですＹＯ‼

教え子だのと御託を並べて、指をくわえてスルーできますか⁉　いえ、できません‼　私は素敵な恋人が欲しいのです‼

よし、早速行動だ‼

「ねえ、ルーファス！　私を嫁にしない⁉」

「いえ、そういうのはちょっと……スイマセン」

「早っ！　フるの早っ‼　もうちょっと考えようよ‼　私成人したら、多分ものスゴイ美人になるよ⁉」

「そ、そういう問題じゃありません。大切な恩師を、そういう風には……」

「いやいや、今私普通の女の子だし！　十八歳と十一歳なら、五年も寝かせれば年齢的にも素敵カップルになれるって‼」

「ス、スイマセン。そこまで胃の強さには、ちょっと自信が……」

こ、こいつ、肝心なところで逆らいやがったあっ！！！

もう、普段素直なのに、変なとこ融通利かない性格まで変わんないな‼

私と結婚したら、胃をやられるとでも言うつもりか！！？　そんだけ体鍛えてる暇があったら、胃ぐらい鍛えとけ！！！

おっと、四人の青年のうちの一人に、早速フラれちゃったぜ‼

いやいや、まだまだこれからだ‼　お付き合いできそうな相手とチャンスを見付けたら、グイグイ行ったらあ！！！　ルーファスも逃げきれたとか油断してるなよ！！？

勝つまでが勝負だ‼　私は負けず嫌いだからな！！！

閑話三　ルーファス・アヴァロン（教え子・知人）

今日は、これまでの人生で一番嬉しい日だった。

私の人生に最も影響を与えた人はと問われれば、迷わずザカライア先生を挙げる。この国で、おそらく最も多い回答ではないだろうか。

闇雲に体を苛《いじ》め抜き、効果の見えない訓練に迷走していた幼い頃《ころ》、あの人との出会いは衝撃的だった。

祖父と同世代なのに、どこまでも子供みたいな人だった。

国王すら頭が上がらないほどの高い地位にありながら、とにかく気さくで豪胆で大雑把。明け透けでおせっかいでいたずら好きで型破りで非常識で懐が深くて、なのにひどく合理的な思考をする明晰《めいせき》な頭脳の持ち主でもあった。

迷信や根性論を徹底的に否定し、詳細な理論の元に訓練内容を根底から変えてしまった。あまりに常識から掛け離れたその指示の結果は、目を見張るほど劇的なものだった。

それは今ではアヴァロン家の公式訓練メニューとなっている。

「君にビジョンはある？」

体は順調に作られつつあるものの、騎士としての方向性に迷った時に、先生に問われた。

「君の父親を目指すなら、何でもできる、歴代公爵並みの強くて器用な騎士になる。その道を外れ、得意の攻撃のみに特化するなら、後衛も防御も支援も平凡な代わりに、歴代アヴァロン公で最強と呼ばれる騎士になる。君は、どちらを選ぶ？」

当時六歳の私は、迷わず後者を選んだ。だから今の私は集団戦において、最前線以外の戦闘は未熟だ。そしてそれは、私の誇り。他の何ができなくとも、攻撃力だけは誰《だれ》にも負けない。圧倒的な攻撃力で民を守る。できないことは、支えてくれる仲間に任せればいい。

その選択肢を示してくれた先生は、私と出会ってから、一年と経《た》たずに亡くなった。

あれほど多くの人に影響を与え、愛された人はいなかったと思う。葬儀の席で、常に冷静沈着な宰相の呆然《ぼうぜん》とした表情が、幼心にもひどく印象的だった。

あれから十一年、先生の教えを胸に、適度に弛《たゆ》まぬ鍛錬を続けてきた。

今日は、あのギディオン公とそれなりの戦闘ができるようになった自分を確認できた。

残念ながら負けてしまったが、全力は出し切れた。握手の時、ギディオン公が、お孫さんのグラディス嬢を示して言った。

「俺の孫、目が眩《くら》むほどの美少女だろう？　お前の嫁にどうだ？」

丁重に、お茶を濁した。グラディス嬢の噂《うわさ》は、悪い話しか聞かない。嫁にもらったら身代を潰《つぶ》すなどとまことしやかに囁《ささや》かれるほどだ。

確かに目を奪われるほどの美しい少女だが、アヴァロン家を潰すわけにはいかない。

しかしその評価は、すぐに覆ることになる。

対戦であまりいい結果を出せなかったエインズワース家のソニアを、従兄《いとこ》達が連れ出していった。

学園でもたまに見掛けるが、彼らのソニアへの指導は少し度を越している。訓練は過酷なほど望ましいと思っていた頃の自分のように。

気になって様子を見に行ったら、案の定だった。厳しいばかりじゃ人は育たず潰れてしまう。適度な栄養が大切だ、と言った恩師の言葉を思い返して、どう収めようかと思案していた時。

彼女が現れた。優雅な物腰、強い眼差《まなざ》し、圧倒的な存在感に、一瞬で空気が変わる。

不意に何かの既視感を覚えた。以前にも、こんな人を見たことがあるような気がする。

ただそこに現れただけで、人に影響を及ぼすほど強いパワーを持った人。台風のように周りの人間すべてを巻き込んでしまう存在。

結果は、お見事、の一言だった。

彼女は年上の少年達相手に、貶《けな》して下げてから褒めて上げ、更には彼らの内面に踏み込み斬り込んでから救済し、たやすく掌《てのひら》の上でコントロールしてしまった。

正直、私より何枚も上手だ。本当に十歳かそこらの少女だろうか？

一人残された彼女を、会場まで送りながら会話をする。確かに装いこそ奇抜だがよく似合っているし、話に聞いていたような我儘《わがまま》で高慢な振る舞いはなかった。むしろ利発で賢明な印象を受けた。

噂とは当てにならないものだ。

そして、その瞬間が訪れた。

かつて、毛虫に驚き恥も外聞もなく幼い自分にしがみついて大騒ぎした、子供みたいな人。

その人が、今目の前にいる。あんな人、他にいるわけがない。

永遠に喪失したと思っていた恩人に、再会できる日が来るとは！！！

去年、武闘大会で優勝した時よりも遥《はる》かに感動している。

先生の復活を知ったら、喜ぶ人は多い。国家にとっても有益なことだ。

けれど先生は、平穏な人生を望んでおられた。

もっともだと思った。ザカライア先生はたくさんの人を育て、救ってきた。多くの人に愛され、囲まれながら、それでもいつも一人だったように思う。誰でも大らかに受け入れるのに、最後の見えないほど薄い防衛線の先は、誰にも踏み込ませない。そんな壁を感じることがあった。

先生の隣に立てる人が、立場上も、多分精神的にも、誰もいなかった。

おそらくは大預言者として生きるために、諦《あきら》めざるを得なかったもの。自ら意図的に断ち切ってしまったもの。

きっと先生は、その壁を乗り越えられる相手、深い絆《きずな》を欲しているのだろう。

何も返せないまま喪《うしな》ってしまった、私の人生の恩師。私にできることなら、何でもしたい。先生が秘密を守れというなら、死んでも守る。

ただ一つ、困ったことがある。

先生、それを私に求めますか？

輝くような美少女が、グイグイ私に迫ってくる。でも、中身があのザカライア先生なんですよね。

そういえば、すっかり明るくなったトロイが『ギャップモエ』なる言葉を使っていた時、意味が分からなかったが、こういうことなのだろうか。

あのガサツなザカライア先生の言動も、この可憐《かれん》な少女の姿で再現されると可愛《かわい》らしく見えてしまうから恐ろしい。いや、騙《だま》されてはいけない！　中身はあの豪快でおっかないザカライア先生なんだ！　しっかりしろ！

本当にやめて下さい。私は昔から先生の押しに弱いんです。洗脳されないように、心を引き締めなければならない。引き摺《ず》られて道を踏み外したら最後、とんでもなく振り回される人生が確実に待っている。

外で戦って帰ってきて、癒《いや》されるはずの家庭で、もっと巨大な魔物が待ち受けているなんて環境、なんとしても避けたいんです。シャレにならないです。

——だから、ザカライア先生。私を惑わせるのはやめて下さい。

第五章　霊峰カッサンドラの湧水

前世の記憶を取り戻して、すでに八か月が経つ。

ルーファスにはバレちゃったけど、それ以外では大した問題も起こっていない。今の暮らしにもすっかり馴染《なじ》んだし、毎日こんなに好き勝手に生きてていいのか、心配になっちゃうくらいだね。

一周、二周と、かつて残念なほどささやかだった部分も順調な成長を見せ始め、なかなか将来有望と言える。

是非このまますくすくと育っていってほしいものだ。お前ら、頑張れよ‼

そして最近の私は、よく別荘に行く。

さすが公爵家と言うべきかね。

まずラングレー領に本宅……というか、まんま城！　領主の館《やかた》だからね。で、王都での本拠地となる別邸《タウンハウス》。更には、別邸から馬車で二時間程の郊外に、別荘まであるってんだからねえ。きっと他にも色々あるんだろうなあ。

別邸は、重厚だけど洒落《しゃれ》てて、公爵邸としての威容を備えた感じ。別荘の方は、自然が豊かで牧歌的なあったかい雰囲気。

こっちはこっちで好きだなあ。

煩雑な王都の中心から離れてゆったり過ごすのに、最高な場所だね。

で、何をするのかと言えば、乗馬の練習。

二周目の前世でもすごくやりたかったんだけど、危険だから許してもらえなかった。

権力使ってごり押しすればできたとは思うけど、さすがに諦めたんだよね。私一人がちょっと馬に乗るために、とんでもない人数が動くことになるんだもん。イヤ過ぎる。

警備はもちろんとして、医師団と治癒術師も完全常駐。それがどっと私一人を追い掛けてくる様子とか、想像するだけでげんなりでしょ。数十人のストーカーを引きつれた乗馬とか、ストレスにしかならねえ。

大体この世界、移動手段が馬車か徒歩って、選択の幅が狭過ぎない？　あまりに不便だよ。ドラゴンはいるけど、伝説的に珍しい存在。ドラゴンライダーとかいないのはガッカリだった。

せめて自転車とかあれば便利なのになあ。キックボードくらいなら私の知識程度でも作れないかな。どこかの工房に頼んでみようかなあ。アイデアを伝えれば、プロの職人なら何とかしてくれる気がする。

ちょっとその辺とか、十キロ圏内程度なら普通にジョギングで行けるんだけど、さすがに安全上自粛してる。また馬車に撥《は》ねられたらかなわん。スケボーとかキックボードでも、ムリ目なのは同じか。

でもプライベートで乗ってみたいし、玩具《おもちゃ》として試してみようかな。

とりあえず現時点で、現実的な移動手段が乗馬なんだよね。毎回馬車は面倒くさい。

なにしろ大預言者時代と違って、今の私はその気になれば独り歩きも可能だから、余計やる気が出るってもの。自由に好きなとこ行ってみたい。

それで叔父様《おじ》におねだりしたら、ここでの練習を許された。もちろん一流の指導者付き。

持ち前の勘の良さと運動神経で、あっという間に乗りこなせるようになった。

それ以来よくここに来ては、練習とか遠乗りをしてる。のびのびと運動してストレス発散するのにサイコー。

特に、別荘から歩いてすぐのところにある広大な林がお気に入り。元々水害を防ぐために作られた人工林で、植林した人の名を取ってメサイア林と呼ばれている。優に百年以上は人の手が入ってなくて、今ではほとんど原生林化してる。

この辺りは、ずっと北に見えるカッサンドラ山の裾野《すその》に当たる。

あの辺の山岳地帯一帯はアヴァロン領で、その隣の峡谷を含んだ一帯がラングレー領になるらしい。今もあの辺で、トリスタンは魔物を狩ってるんだね。頑張れ、お父様‼

ここは景色《けしき》もきれいだし、一周目の時、家族でよく行った湖畔のキャンプ場みたいな感じで楽しい。

別荘の近くにある湖畔もうちの私有地だから、釣りに船遊びに水遊びにと、アウトドアにも最適な環境!

あ～泳ぎたい～～～!

林間サイトにテントを張って、みんなでバーベキューやった思い出がよみがえるね。

いつか友達と一緒にキャンプとかできる日が来たらいいなあ。現時点で友達がキアランとノアしかいないんだけど。サロメはこんなとこ来ないし。

でもこの国の人って、そういうの、娯楽じゃなくて鍛錬と捉《とら》えちゃいそう……。好き好んでサバイバルするようなもんだからなあ。いや、キアランなら喜ぶのかな？　鍛えるの好きそうだし。だけど王子様誘うのは面倒くさそう。

どっちにしてもキャンプって、現代人ならではの趣味だったんだね。

乗馬を終えて、昼食を済ませたら、午後は腹ごなしにメサイア林をトレッキング。毎回コースを変えて、二～三時間くらい林の中をガッツリ歩いてくる。私が道に迷うことはないからね。

普通、人の手の加わってない大森林とかって、魔物が湧《わ》きやすいらしいんだけど、何故かこの林はまったくいないから気楽にフラフラできる。

ザラを始めとする家人も慣れたもので、私を一人で送り出してくれるから、自由にのびのびと散策し放題なのだ！

もちろん身にまとうのは、空前のヒット作となったマダム・サロメの女性用トレーニングウエア。王妃様もご愛用の逸品だ！　ついに王室御用達《ごようたし》ブランドに成り上がりました！

ふふふ。まさかアレクシスも、自分が着てるウエアのデザインを、私がしているとは気付くまい。ちゃんとあんたのイメージで作ってるんだからね！

さあ、今日も新しいコースを開拓するため、林間をグングン進みますよ！

あっ、沢を発見！　よし、これを辿《たど》ってみよう‼　ああ、楽しいなあ！

今日の目標を定めて、沢をさかのぼっていった。

傾斜をグングン登っていくと、やがて水の流れが遠くから聞こえてきた。おお、これは期待が高まるね！

一時間以上歩いたところで、足が止まった。

「うわあっ！」

思わず声が上がる。それくらいすごい絶景があった！

前に富士登山の帰りに寄った、湧玉池《わくたまいけ》みたいな風景！！！

泉だか湖だかみたいな水面が、空間一面に広がってる。

「これ、湧水ってやつ？　スゴイスゴイ‼　きれーーーっ！！！」

どえらいパワースポット発見しちゃったよ！！？

水に落ちそうなほどに近付いて、中を覗《のぞ》き込む。遠くまで見通せるくらいの透明度には、もう感動しかないね！

落差二メートル足らずだけど、小さな滝まである！　おお、修験者ごっこができそうだ‼

木漏れ日の中できらめく風景は、人の手が加わっていない分、とても幻想的で、一瞬で心を奪われた。

美しいものは好きだけど、風景でこんな気持ちになったことは初めて。

これは何かの予言だろうか。

――ここは、私の特別な場所。

◆◆◆

ふふふふふ。今、我が野望の一つが果たされようとしている。

それは、レッツ、スイミング！！！

そう、この世界には、鍛錬とか職務の必要上泳ぐことはあっても、娯楽としての水泳がない!!

後日サロメに水着を作ってもらうとしても、人前で泳ぐことはほぼ不可能！

だけども、ここには誰《だれ》もいない!! いないのだ!!

私は全《すべ》ての衣服を脱ぎ捨て、湧水に足先を沈めた。

冷たっ!! でも、気持ちい～～!!

水もすごく澄んでるから、全然抵抗感がない。乗馬とトレッキングの汗も流せて、気分爽快《そうかい》!!

一歩一歩、足を進めてみた。

おお、奥の方は、足が届かないくらい深い！ そして、足の先まで見通せる透明感！

やった～～、泳げるぞお～～！！！

半世紀ぶりのガチ泳ぎだ！！！

自転車とか、一度乗れるようになれば、ブランクあっても大丈夫らしいけど、泳ぎ方も体がしっかり覚えててくれた。正確に言うと、体を動かした記憶？

バタフライ、背泳ぎ、平泳ぎ、クロール！ さあ、二百メートル個人メドレーと行きましょう

か‼

ああ、楽し～～～！！！

浮き輪とかシャチとか、欲しいなあ～～。

かき氷と焼きそばも！　あと焼きトウモロコシ！　妄想だけでも楽しいわ～。

目一杯泳ぎ倒した後は、お待ちかねの修験者ごっこ！

滝つぼの方まで進んでみる。

やった！　膝下《ひざした》の深さ！

落差二メートル、幅五十センチ足らずの小さな滝で、遊ぶのにちょうどいいね。

そしてもちろん私は、一周目で滝行体験にも参加済みだ！　経験者の適切な指導の下で行いましょう‼

やってみるまで堅苦しいイメージがあったけど、実際にはマッサージ効果とか、美容効果とかもあるらしい。

瞑想《めいそう》で精神統一とか、大預言者の私には案外相性のいい修行法なのかもしれないね。

気分が乗って、本物の修験者気分だ！

胸の前で手を合わせて、子供がよくやるそれっぽいポーズを決める。ただしすっぽんぽんなので、とても人には見せられない。

精神統一とかメンタルコントロールとか集中はお手の物。

その瞬間、ビジョンが見えた。

おお、さすが滝行！　見事な効果！　素晴らしい即効性だ‼

あれは、王都の別邸にいる叔父様だね。応接室で、二人の中年男と話し合っている。

なんかおかしい。いつもみたいにパターンに分かれない。一つのビジョンが、延々流れ続けてる。

「……」

これ、まさかリアルタイム？　予知じゃなくて、透視？　なんでいきなり。

滝行⁉　滝行のせい⁉　スゲー、滝行！！！

いやしかし、全裸でのぞき見とか、さすがの私もちょっと受け入れがたい状況だよ？　特殊性癖の持ち主との誹《そし》りを甘んじて受け入れるしかないよ？　も、もちろん興奮なんてしてませんよ！　そんな趣味ありませんから！

……そろそろ打ち切ろうか。

なんとなく興も削《そ》がれちゃたし、今日の行水は終了だ。

トレッキングの必需品は当然持ち歩いてる。タオルで髪と体を拭《ふ》き、服を着る。水筒の水を飲んでから、さあ出発。ちょっとしたおやつをつまみながら、また一時間掛けて来た道を帰る。

湧水から上がっても、研ぎ澄まされた感覚がまだ引かない。能力が上がっているようにすら感じる。ちょっと集中してみたら、また叔父《おじ》様が見えた。

なんだか悲しそうな表情に見えて、これ以上勝手に見ちゃいけないと強制終了。

盗撮は犯罪です。

ただ、応接室での叔父様はとても嬉《うれ》しそうだったのに、今、一人の叔父様は、落ち込んでいる風に見えた。何があったのか気になる。帰ったらちゃんと聞いてみよう。

私にとって普段頼りになる家族が叔父様しかいないように、叔父様にも私しかいないいんだ。よく考えると。

ちゃんと力になってあげないとだね。トリスタンは当てにならないから。

あれ？　そもそも記憶戻ってから八か月、まだ一回も会ってないぞ！！？　ちょっとビックリだ。

まあ、農閑期ならぬ魔物閑期に入ったら社交シーズンに突入だから、来月にはこっちに来るはず。

久しぶりに感動の親子対面ができるね。

順調に林から出て、別荘に戻った頃《ころ》には、もう夕暮れだった。

帰る準備はとっくに整えられてて、後は私待ちだったみたい。そのまま慌ただしく馬車に乗って、王都の別邸へと出発。帰り着くのは夜になっちゃうね。

でも、あの湧水にはまた行こう。

馬車の窓から、メサイア林の方を眺めてみる。遥《はる》か北に、霊峰カッサンドラが見えた。

その瞬間、感覚が研ぎ澄まされた理由が分かった。

富士山と同じことだったんだ。

霊峰富士からの湧水は、修験者の修業の場だったり、禊《みそぎ》に使われたりした。最初に私が湧玉池を連想したのは、間違ってなかった。

歴史書によれば三百年前、大預言者デメトリアは、霊峰カッサンドラの霊力を借りて、ドラゴンを封印したという。

そしてあの湧泉は、カッサンドラからの霊力を含んだ湧《わ》き水なんだ。元は人工林だけど、何百年も掛けて、あの場所に湧き出した奇跡の霊水。

この魔法アリのファンタジー世界でなら、とんでもないドーピングになるんじゃない？　私の水遊びはまさしく修行であり、禊だったわけだ。

この一帯に魔物が湧かないのも、霊水が土地に行き渡ってるからなのかもしれない。とすると途《と》轍《てつ》もない霊力《パワー》だよ。

生水を飲む勇気がなくて口は付けなかったけど、飲んだらどうなってたんだろう。

今世で、大預言者の力をあえて活用するつもりはないけど、すごく興味深い。一度試してみようかな。

◆◆◆

「叔父様、今日のお客様は何の御用だったの？」

帰宅早々、私は叔父様の書斎に押し掛けた。こんなに気になってるのに、いちいち空気は読まないよ。

「とりあえず、食事にしようか？　説明はその席で」

はあ！　叔父様はご飯も食べずに待っててくれたのに、私ときたらっ‼

「――はい……」

素直に従い、叔父様と並んで食堂へと移動した。私の帰宅は普段の夕飯の時間より大幅に遅かったんだ。少しは空気も読まねば……。

席に着いて、早速食事を始める。と言っても、寝る前の食事はＮＧ。私だけ軽食にしてもらって、会話に専念だ。

「それで確か、お客様の話だったね」

「はい」

早速本題。私がどこから客の話を聞き付けたかとか、全然聞いてこない。気が付かないはずがないのに、そういう細かいことを、叔父様はいつも私に追及しないんだよね。不思議にも思わないみたい。

物心ついた頃から、ずっとそう。私が何をやっても、いつでも穏やかに受け止めてくれる。記憶が戻る前も今も、私にとっては、叔父様こそが、兄であり父なんだよね。

おい、トリスタン。出番がないぞ。

「今日いらしたお客様は、ハイドフィール総合大学の方達だよ」

その説明で、あっと思う。

そうか、あの二人、サイモンとイアンだ！　どっちも教え子だよ。おっさんになってたから気付かなかった。どっちも学園のブートキャンプ色が色濃かった時代の生徒。ガリ勉タイプで苦労してたのを、大分フォローしたぞ。

その分学術研究に秀でてたから、学園を出た後は、国内最高峰のハイド大に進んで研究者になった。二人とも今では教授だ。

「そんな方達が何の御用で？」

ちょっとワクワクしてきた。予想通りなら、とんでもないことだ。確か二人とも、ある組織の選考委員会に名を連ねている。

「私が去年発表した論文が、ハーヴィー賞を取ったそうだ」

イエス！！！　やった！！！　すごいよコレ〜〜〜！！！

ハーヴィー賞は、その年最高の評価を受けた論文に与えられる国内最高権威の学術賞。授与式は国王陛下御臨席の下で行われるし、かつては私も大預言者として毎年列席してた。普通は名門大の教授とか、王立研究所に所属した研究者とかが取るもの。

叔父様は個人的な研究施設を作って農業研究に打ち込んでるけど、そういう研究者が取ることは本当にまれ。それも弱冠二十二歳で‼

「六年前にラングレー領でやった大規模栽培実験の成果を評価してもらったんだ」

「すごいです、叔父様！　おめでとうございます‼」


本当にすごいことだよ⁉　ただでさえ叔父様は専業研究者じゃない。豊富な資金で自由に研究できる強みはあるけど、ラングレー領の運営をほぼ担いながらの偉業だからね。

「来月にはお父様も王都にいらっしゃいますし、授賞式は家族みんなでお祝いに行けますね」

「うん。ありがとう」

お礼を言う叔父様は、けれど少し困った顔をした。

「何か問題でも？」

「今まで特別講義で教壇に立つことはよくあったんだけどね。正式に、ハイド大の教授に招聘《しょうへい》されたんだ」

「まあ！　素晴らしいわ！　叔父様の研究所は叔父様個人のものですから、ペースを落として続ければいいし、叔父様が年上の学生に教授として敬われる姿、ぜひ拝見したいです！」

私は大袈裟《おおげさ》に賛成する。

叔父様の困惑の理由が分かった。今の生活を続けようと思ったら、そのありえないほど素晴らしい要請は、断らざるを得ないんだ。

ただでさえオーバーワーク気味の叔父様に、領地の面倒を見続けながら教壇に立つなんてできるわけない。

「君は、賛成してくれるんだ？」

「もちろんです！」

当然応援する。本来の叔父様は間違いなく研究者志向。立場上ラングレーを守るために、本格的にその道に進むのを諦《あきら》めてしまった。今も個人的な研究は続けているけど、本当は学術研究の最高峰の中心で、研究だけに埋もれていたい人。

戦闘や内政ではなく、その飛び抜けた頭脳で領民を支えられる人なのに。その意志も能力もある。ただ環境がそれを許さなかった。

本来進むべき道に戻るチャンスを掴《つか》んだ今、二度も諦めさせるわけにはいかない。

叔父様が学園を卒業した頃には、私はまだ六歳で、力になることができなかった。

だけど、今は違う。できることはある。あの当時の私は無力でも、ちゃんとこの事態への予感はあった。いつか必ず時は来ると。

それが今。時間も環境も状況も、やっと機が熟した。

「叔父《おじ》様が、一番に望むゴールへと向かうべきです」

私の断言に、叔父様はとても嬉しそうに微笑《ほほえ》んだ。

「そうか。君がそう言うなら、後先を考えるのはやめるよ。研究者として生きるのが私の夢だ。私はこの要請を受けることにする」

「当然です」

私も最高の笑みを返した。

しばらく忙しくなりそうだな。

◆◆◆

さて、まず何から手を付けようか。

寝室で夜のエクササイズをしながら、今後の予定を考える。

そもそも叔父様は三男。本来なら、もっと自由が許される身だった。

なのに、三人兄弟の真ん中、ランスロット叔父様が、八年前に戦死しちゃったんだ。

ランスロットも私の教え子だけど、グラディスとしての私は当時三歳で、彼のことはほとんど覚えてない。聞いた話では魔物狩りの際、本来ラングレー領に現れるはずのない種類の強力な魔物の大量発生《スタンピード》が起こったそうだ。

ザカライアの人生の終わり際、魔物の凶悪化と増量の未来を見た。何か関わりがあるのかもしれない。

トリスタンとランスロットだけなら対応できたはずだった。少なくとも、トリスタンが傍《そば》にいて弟を失う失態を犯すはずがない。

配下や領民達は、想定外の事態への対応ができなかった。散らばった彼らを保護するために二手に分かれざるを得なかった。結果、彼らは守られたけど、ランスロットは犠牲になった。

分かる気がする。前しか見ないトリスタンと違って、視野が広くて責任感のある子だった。本当に、惜しい人を亡くした。

トリスタンが物理的脅威を取り除き、ランスロットが補佐をしつつ領内を実質的に治めることが、本来は一番理想的な形。

ランスロットを失った結果、比較的自由だった三男のジュリアス叔父様が、進路の変更をするしかなくなった。

本来戦いに向く人じゃないのに、物騒な世界に片足を突っ込んだまま抜け出せなくなってしまった。

ジュリアス叔父様は、いわゆる天才ってやつなんだよね。

日本人だった頃《ころ》、テレビでたまに見たってレベルの。一瞬見ただけのものを写真みたいに記憶しちゃったり、複雑な計算の答えが瞬時に出せたりとかするやつ。

私はザカライアの時から今も、記憶力だけはいいけど、研究して新しい発見をするとかいうタイプじゃない。対して叔父様は、自力で歩けるようになった一歳の頃から、領内をフラフラしてはいろんな観察に励んでたという筋金入りの研究者肌。

領内を守れる力を持った長男と次男がすでにいたから、学問への傾倒が許された。

だからその経歴もかなり特殊。

普通は学園卒業の後で、希望に応じて更に上の教育に進むものだけど、叔父様は逆。

六歳から飛び級でハイドフィール総合大学に入って既定の五年で卒業し、そのまま大学で研究を続けて、十五歳になってからバルフォア学園に入学した。

大学卒業してから高校に入り直したようなものだけど、学園の三年間は貴族の義務だからね。

バルフォア学園入学までは、ラングレー公爵家の義務として、年の半分くらいは領内に戻って魔物狩りの手伝いもしてた。それがなければ、大学だってもっと早く卒業できてた。

ラングレー家ではすでに叔父様という超変わり種の前例があったから、私みたいに好きなことに熱中し過ぎる変わった子供も普通に受け入れられたのかもね。本来跡取り娘のはずなのに、本家や一族の干渉もなく、大分ゆるゆるに育てられたもんな。

普通の貴族はバルフォア学園に入学するまでは、それぞれの家風に従って独自の教育を受ける。

王都住まいか領地住まいかも各家庭それぞれ。政治や学問寄りの家は主に王都。武闘派なら領地でガンガン戦って鍛える。

ラングレー家の本来の方針なら、私は領地住まいになるはずだった。グレイスが田舎《いなか》嫌いで王都の別邸に住んでたおかげで、私も誕生後そのままって状態が続いている。よく考えたら不思議だ。

大学寮に入ってた叔父様はすぐに戻ってきてくれて、それからずっと一緒に住んでる。当時まだ十一歳だったのに、今も昔も完璧《かんぺき》な保護者だ。

ある程度育ったら領地に戻す予定だったみたいだけど、成長した私はそれを拒否した。私も田舎暮らしは嫌だったんだよね。

だって田舎じゃ、流行の最先端を追えないもん！　王都から離れるということはオシャレを妥協するってことでしょ？　私のやりたいことは、都会でないとできないんだよ。サロメと出会ってますますファッションにのめり込んだし、彫金の仕事も素材の仕入れとか顧客とか、王都でないと都合が悪いもん。

そもそも私にとって家族の感覚って、トリスタンより叔父様の方が断然強いから。とにかくいつもの我儘《わがまま》で、王都住まい継続を断固押し通した。

一族のみんなには、グラディスは手に負えない我儘娘という共通認識で、もはや諦められてるみたい。どうせ私に戦闘はできないし、その方が助かる。さすがに魔力が皆無だなんて公表はできないもん。

王都居住に関しても、叔父様はやっぱり私の味方で、全面協力してくれた。

私は王都で、叔父様に育てられてきたようなもの。正直、領地の方にはあまり愛着もない。でも叔父様を元の道に戻してあげるには、まずラングレー家の方を何とかしないとだ。

「よし、いったん領地に行こう」

一応本拠地だけど馴染《なじ》みがないから、ちょっと小旅行気分でいいかもね。

「善は急げだ。明日連絡をしてもらって、準備ができたらすぐに発《た》とう」

◆◆◆

「叔父様、私、ちょっとラングレー領に行ってこようと思います」

翌朝、朝食の席で早速報告した。

「そう。ではすぐに兄上に手紙を出すよ」

「はい、お願いします」

やっぱり叔父様は何の疑問も持たずに、手配してくれる。

桁外《けたはず》れに頭の回転の速い人だから、実は全部分かってるのかもしれないね。

「出発は、旅の準備ができ次第すぐに」

「今から手配すれば、明日の朝には発てるよ？」

「ではそれで」

「それだけ急だと、早馬の他に、伝書鳩《でんしょばと》も出しておこう」

叔父様は早速ジェラルドに色々と指示を出してくれた。

生物全般に言えるけど、こっちの世界の伝書鳩は、魔物のいる世界だけあって、強くて速い。私の知ってる鳩と大分違う。朝に出したら、余裕で昼前には着いてる。近距離だったら通信の魔道具とかも使えるんだけど、遠距離はこれが一番早い。

大体のイメージだと、この国の大きさって日本の本州くらいかな。ラングレー領までは多分二百キロはないはず。道路の舗装状態も色々で、馬車で大体五日くらいかかる。

忙しい叔父様はいつも往復には乗馬で、片道二日で行っちゃうけど、私には残念ながらそれは無理。体力的にも安全面でも。まだ十一歳の貴族の超絶美少女だもんな。変質者やら人攫《さら》いやらが列をなしてやってくるよ。

海外遠征ぐらいに思って、気長に行こう。

身内ってこともあるけど、行くと決めたらすぐ行けちゃう大雑把さがこの国の良いところだよね。形式とかより、とにかく動いとけって感じで私に合ってる。

トリスタンも細かいことは気にしない奴《やつ》だから、いきなり訪ねたって喜んでくれるしね。

ラングレーの城に住む家族は、他にもいる。今は亡き次男・ランスロットの奥方、イーニッド叔《お》母《ば》様と、その息子、私の従弟《いとこ》に当たるマクシミリアンもいる。

イーニッドも私の教え子で、遠征で主人が留守になりがちな城を、彼女が実質取り仕切ってくれてる。私も年に一度は向こうに行くから、トリスタンよりよっぽど世話になってんだよね。

機が熟したというのは、このイーニッド。

彼女は学生時代からすごく真面目《まじめ》な優等生。格闘はできないけど、完璧なサポートをしてくれるしっかり者。まさに古き良き妻であり母であり、の鑑《かがみ》のような女性。

ただ教え子として見ると、昔からすごく心配な面もあったんだよねえ。

まったくなんなんだろうあれ。しっかり者の女の子のデフォルトなのかなあ、あのダメンズ好きは。

私が支えてあげなきゃとかって思考になっちゃうのか。どう見てもあれはダメだろ、って男に、よくよろめいちゃったりして、見ててすごくハラハラさせられた。

ハンター公爵家のバカ息子に行きかけた時には、あれ行くか⁉　って度肝を抜かれたもんだよ。

ハンター家は、通称海の公爵。西の海岸線辺りを領地にする、とにかく豪快な海の男達って感じ。

ギディオンとこのイングラム家が頭のいいバカとすると、ハンター家は頭の悪いバカ。とにかくバカ。

よくもこんなにバカばかり量産できると感心するくらいの一族で、無神経さとガサツさは私を遥《はる》かに上回る連中だったけど、なんか妙にウマが合った。理由までは言うまい。

まああいつら、友達としては面白いんだけど、恋人とか夫にはちょっと……って奴らなのに、イーニッドは見事にそこに行きかけた。

学生の恋模様をニマニマ鑑賞してた私も、若気の至りにも程があるだろ！　と、内心突っ込まずにはいられなかったよ。

卒業後、ランスロットと見合いで結婚したと聞いた時は、いいとこに落ち着いたと安心したんだけどねえ。うまくいかないもんだよね。

で、夫が亡くなって早八年。あのイーニッドが、トリスタンみたいなダメ男に惚《ほ》れないはずがない。毎年、領地に行く度に予感はしてたんだけど、そろそろ頃合いだよね。

様子を見て大丈夫そうだったら、トリスタンと再婚してもらおう。私にも素敵なお義母《かあ》さんができるし、実におめでたい。

ちなみにトリスタンは、誰かを愛せるタイプの人間ではない。支えてくれる人なら誰《だれ》でもいいだろう。グレイスとの結婚も、跡継ぎを産むための政略だったらしいし。

あの我儘高慢ちき娘を嫁にやるのに、ギディオンは相当苦心したらしい。あれで若さがなかったら、ホントにどこももらい手がない。グレイスはグレイスで、学園入学回避のために早婚を目論《もくろ》んでたようで、結婚相手の条件を気にしないトリスタンはさぞ都合が良かったろうな。公爵でイケメンで強くて干渉してこない。

おお、私が結婚したいくらいだよ。まあ、愛がないからパスだけどね。

とにかくこの計画が首尾よく運べば、イーニッドに領地の全権を任せられる。有能な補佐をそっちに回せば、うまく収まるだろう。おまけにマクシミリアンという正式な跡継ぎまでできる。万々歳だね。

ちょっと気を付けないといけないのが、従弟のマクシミリアン――マックスだ。

他人にあまり興味のないグラディスが、弟のように可愛《かわい》がってる十歳の男の子。イーニッドの教育の賜物《たまもの》か、女手一つで自分を育ててくれた母親を支えるしっかり者の少年だ。

私も昔から引きこもる性質ではなかったし、領地に戻った時にはリフレッシュするためによく外歩きもした。その時の遊び相手はいつもマックスで、都会ではできない遊びをよく二人でしたもんだ。

逆にマックスが王都に滞在する時け、私がオススメの場所に引っ張り回したし。

当然公爵家の男としての英才教育も受けてて、きっちり鍛えてもいる。

本来の跡継ぎである私が領地にまったく興味を持たない上、鍛えてすらいないせいもあって、マックスはすでに跡継ぎ候補の最有力の一人として、周囲からも認められている。

伯父であり、師匠であり、父代わりでもあるトリスタンに憧《あこが》れて、ずっと家業を手伝ってきてる。

跡を継ぐこと自体は、自他ともに異存ないはず。

私がでしゃばるより、間違いなく一族挙げて歓迎される。

とはいえ子供にとっては、母親の再婚ともなれば大事件だよね。そこは私がお姉さんとしてフォローしてあげないと。実際姉弟《してい》になる予定だし。

後はトリスタンだけど、奴にイーニッドはもったいないくらいだから、意見は聞かなくていいや。

それから今日一日かけて慌ただしく旅の準備を整え、予定通りに翌朝出発した。

閑話四　ジュリアス・ラングレー（叔父《おじ》）

姪《めい》が突然、ラングレー領へと旅立ってしまった。

あれから五日。そろそろ到着した頃《ころ》だろうか。

彼女に限って万が一にも危険などはないはずだが、それでも心配は尽きない。

私の姪は特別だ。

誕生したのは、私が十一歳の時。

領地で公爵の本分を果たす兄の代わりに、王都に滞在する義姉のグレイスの世話を頼まれていた。

正直、私はグレイスが嫌いで、彼女が王都別邸に住むことが決まった時は、すぐに大学寮に移ったものだ。しかし故郷で神童と呼ばれる兄の跡継ぎとなる第一子の誕生は、しっかりとサポートしなければならない。

私も学問の世界では神童と呼ばれるが、そんなものは公爵家では何の意味もない。せめて、子爵か男爵辺りの家に生まれていればと思うのも詮無いことだ。

王都で自由に研究に打ち込ませてもらっているだけでも、感謝すべきなのだろう。

出産が始まった知らせは、大学の研究室に籠《こも》っていた時にもたらされた。各方面への連絡や手配は、執事のジェラルドがしているはずだ。私は急いで屋敷に向かったが、そこには大変な難産が待っていた。

予定より半月ほど早かったため、兄達はまだ王都へ来る準備もできていなかった。出産には間に合わないだろう。

早めに王都入りしていたギディオン公だけが、私と前後して駆け付けたが、私達にできることなど何もない。

無力な二日間を過ごし、グレイスの命と引き換えに、女の子が誕生した。娘を失い、孫娘を得たギディオン公は、ひどく複雑な表情をしていた。私も言葉少なにお悔やみを言う以外できなかった。

難産にも負けずに生まれた、とても元気な女の子。

その姿を初めて見た時の記憶は、一生消えることはない。今までたくさんの生物を観察してきたが、これほど愛《いと》しい生き物がこの世に存在することが信じられない思いだった。私は一族の中で、誰よりも先にこの奇跡の存在を腕に抱いたのだ。

その日から、私の観察はグラディスと名付けられた彼女へと向いた。

駆け付けた兄や親戚《しんせき》は、娘の誕生の手続きやグレイスの葬儀その他を終わらせると、落ち着く間もなく、グラディスとの別れを惜しみながら領地へと帰っていった。

跡継ぎ候補の誕生は一族を挙げて喜ばれたが、新生児の長旅は難しいため、腰が据わるのを待ってから領地へと連れて行くことになった。

誰もグレイスの死をさほど悲しんでいる様子がなかったのは、それが彼女の生き方の結果だったということなのだろう。

たとえ半年ほどでも、私が姫の保護者だ。すぐに屋敷に戻り、彼女を見守ることにした。

彼女が普通ではないことには、すぐに気が付いた。

まだ目も明かないはずの赤子が、特定の人間が見えるほどの距離にいる時だけ、激しく泣き叫ぶ。

私が観察した限りでは三人。必ずその三人だった。

すぐに調べると、彼らは私が大学寮に入っている間に、当家で横領や窃盗に手を染めていた。全員がだ。

誕生から三か月間、そうやって彼女の篩《ふるい》に掛けられ、信頼できる人間だけが周りに残った。

グラディスがあまりにむずかって外出を諦《あきら》めれば、行くはずだった場所で事故が起こる。

グラディスが微笑《ほほえ》んだ相手との仕事は必ずうまくいくし、嫌った相手には必ず裏がある。

そういったことの全《すべ》てのデータを詳細に取り続け、半年と待たずに私は確信した。

彼女は預言者だ。いや、恐らくは更に上の……。

昨年亡くなった、偉大な大預言者を思い出した。国家と教育に捧《ささ》げられた人生。ただ、それだけの……。

この愛しい姫に、そんな人生を送らせるわけにはいかない。進む道の全ては、国家による強制ではなく、彼女自身の選択であるべきだ。彼女が自分の力を認識し、自ら選べるようになるまでは、この秘密を守り通さなければならない。

人の出入りの多い本家では、秘密の保持は難しい。人の繋《つな》がりが強い分、私の一存での人選ができないし、そもそもトリスタン兄上に秘密が守れるか分からない。

この王都の別邸で、少人数の閉じた世界の中、信頼できる人間だけで、彼女を守り抜くと決めた。

グラディスの引き渡しを要請してきた本家を何とか言いくるめ、王都での養育を強硬に主張し押し通した。

幸いランスロット兄上の奥方、イーニッド義姉《あね》上の出産も控えていたおかげもあって、先延ばしに成功した。生まれたのは待望の男児で、ますますグラディスへの注意は逸《そ》れた。一族を取りまとめるセオドアおじい様は、こちらの理解者で、色々と便宜を図ってくれていたことも大きい。

やがて掴《つか》まり立ちができるようになり、言葉が出始めたグラディスは、ますます愛らしくなった。

初めて「おじたま」と呼ばれた時の記憶も、脳内に映像で一生残すと決めている。

悲劇が起こったのは、グラディスが三歳になった時。ランスロット兄上が戦死した。

いつもマイペースでご機嫌なグラディスが、珍しく激しく泣き続けていた日の夕刻、伝書鳩《でんしょばと》で最速の一報が届いた。

戦い以外の全てがおざなりなトリスタン兄上を、ずっと支え続けてきたランスロット兄上。

『俺がいるから、お前は自由にしろ。領民を豊かにするための研究も、等しく価値がある』と言ってくれた兄上が、もういない。

今後、研究に打ち込む生活は難しい。間近に迫ったバルフォア学園の三年間を終えたら、領地に帰らざるを得ないだろう。

それまでにはグラディスも七歳となる。領地に戻っても、必要な立ち回り方を、よく言い聞かせられるはずだ。

「おじたまのごーるは、りょうちにあるの？」

三歳のグラディスが尋ねてきた。

この頃からグラディスがよく口にするようになった『ごーる』という言葉。きっと、余人には見えない先のことが、彼女の目には見えているのだろう。

「おじたま、だいちゅき。おじたまがかなちいのはいや。ずっと、このおうちでいっちょ」

グラディスは、その青い瞳《ひとみ》を私に真っ直《ま す》ぐ向けて、はっきりと言ってくれた。

これは、大預言者の予言。

たとえ周りからどんな圧力がかかろうと、可能な限りこの王都の、この屋敷に居続けようと決めた。


王都の別邸で、グラディスはすくすくと、そしてのびのびと自由に育っていった。

誰《だれ》も彼女を縛らない。

令嬢として恥ずかしくない程度の教育はするが、それ以外では全て彼女の望むまま。

聡明《そうめい》にして奔放。相反する二つの性質を持つ彼女は、どんな陰口を叩《たた》かれようとも、気付いていながら気にしない。私もただ本人の判断に任せるのみ。進むべき道を預言者に助言するなど、おこがましい話だ。

小さな姪にそう思えるのは、結局のところやることが全てうまく回ってしまうからだろう。

勝手気ままに見えても、他人に過ぎた迷惑は掛けない。言葉は遠慮なくとも、嘘《うそ》や不当なことは言わない。仮に何か言うなら、必ず本人の前だ。

馬鹿正直なくらい、どこまでも真っ直ぐに育っていると思う。

中傷の代表的なものに浪費が挙げられるが、彼女の浪費は、母親のグレイスとは違う。全て自分の才覚で稼ぎ出した資金で賄われ、更には利益まで上げているのだから、文句の付けようもない。むしろ、可愛《かわい》い姪にもっとプレゼントを贈らせてほしいくらいだ。

屋敷の一同はみな同じ思いで、小さな愛らしい我儘《わがまま》姫を、温かく見守りながら育てていた。

グラディスが五歳の時、大きな予言が出た。

「叔父様。今年はダイエットのために、シクラ麦を主食にします。みんなもそうするといいわ」

思わず、ローワンと顔を見合わせた。

ローワンは領地を運営するための補佐として雇った私の秘書で、もちろんグラディスの選別を潜《くぐ》り抜けた人材だ。彼もグラディスの言葉の不吉さにすぐ気が付いた。

小麦では駄目で、シクラ麦ならいい理由。小麦は育たないが、強いシクラ麦なら育つ状況。おそらくは天候による災害だろう。地震や洪水、虫害なら大差はない。

私はまだバルフォア学園の学生だったが、しばらく休学し、領地に戻って飢饉《ききん》に備えるための対策に奔走した。セオドアおじい様の全面的な助力のおかげで、私の奇妙な方策は大きな混乱もなく実施された。

領民の生活を守るための活動の一方で、農業は私の専門。やってみたい実験があった。

台風か、水不足か、酷暑か、冷夏か、あるいは別の何か——どれかは不明だが、とにかく何かは起こるのだ。

過酷な状況下における各穀物、野菜、果実の育成状況を、完全な同一条件下で行い、比較検証する大規模栽培実験。それにより、その環境下において最も効率的に収穫できる対象を割り出す。それが私のやりたかったこと。

人手も資金も桁違《けたちが》いにかかる。闇雲にできる実験ではないが、今年は必ず何かが起こるのだ。

迷わず実行した。

結果は冷夏。グラディスの予言通り、冷夏において最も効率良く収穫できる作物はシクラ麦だった。しかしその他にも想定外の作物が数種類、飛び抜けた成果を残し、新しい発見を成すに至った。

その膨大なデータの統計を取り、分析して、三年がかりでまとめた論文が、研究者として最も価値のあるハーヴィー賞を取った。

研究者の道を諦めようとした私がだ。

賞以前に、領民、国民の生活のために、この研究成果がどれだけの価値があるか――それができたことが、何よりも嬉《うれ》しい。

この天使は、愛らしいだけでなく、私が諦めようとした道へと足を進める勇気をくれる。

この誰より愛おしい姪の幸せを、何としても守らなければいけない。

そのグラディスは、八か月ほど前のお茶会以降、明らかに様子が変わった。

それまでの彼女の行動は、全てが好き嫌いと直感のみによるものだった。しかしそれ以降の行動には、明らかにその根底に、深い知識と思考が読み取れる。

彼女の中で起こったこと――それが天の啓示なのか何なのかは、私には分からない。

確かなのは、グラディスは今、自身の預言者としての力を自覚しているということ。

それを黙っているのは、普通の少女としての人生を選択したからだ。

ならば私はその選択を、全力でサポートする。

ただの少女として友人を作り、学園へ通い、恋をするなり、好きなファッションの仕事に打ち込むなり――いずれにしても、普通の女性としての人生を送れるように。

いつか結婚する時がきたなら、私が花婿の元へ届ける役目もやるつもりだ。なんとか兄上を丸め込む算段を立てないといけない。

そのグラディスが、ラングレー領へ発《た》つと言い出した。

今頃《いまごろ》はすでに領地で、ひと騒動起こしているのかもしれない。

おそらくは私の教授就任を応援するために、動いてくれるつもりだろうから。

彼女が動けば、必ず事態は動く。領地で何をするつもりなのか、目的は大体予想が付く。ラングレー家での問題が、一番丸く収まる方法。けれど、そのためにどうするのかは、やはり分からない。

人の心は難しいものだから。

それともあの先を見通す青い目には、すでに結果が見えているのだろうか。

いずれにしろ、その結果がどうなろうと構わない。私はグラディスのする全てを受け入れる。

私の人生は、とうの昔に彼女にベットされているのだから。

あの天使が今度は何をやらかしてくれるのか、楽しみに待つとしよう。

第六章　ラングレー公爵家の家族計画

飽きた。飽きた飽きた飽きた飽きた〜〜〜〜！！！

は〜、何が小旅行気分だよ。五日も馬車に揺られてりゃ、そりゃ飽きるって。

そもそも初日の昼にはもう飽きてたし。やっと今日到着予定。早くこの拷問から解放されたいわ〜。

私にじっと座ってるのは無理だってホント。毎年行ってるはずなのに、毎日充実し過ぎて忘れてた。

一周目の時の移動手段は大体新幹線か飛行機で、誰かしら仲間も一緒で速いし楽しかった。二周目はほぼ王都に引きこもってた。私に長距離移動は向かないわ。正直、旅情を楽しむという感性はないな。

揺れる馬車の中じゃ、読書もデザイン画も無理。しょうがないから頭の中でデザインのイメージをまとめたり、軽いエクササイズしたりして時間潰《つぶ》してたけど、暇だ〜。ちょっと空気椅子やり過ぎたかもしれない。筋肉の付き過ぎも困るから、ほどほどにしないと。

叔父《おじ》様は言葉通りたった一日で、色々と旅支度の手配を整えて、早朝から送り出してくれた。

馬車の前後には、騎馬で付き従う護衛の騎士までいる。よくあんな急で、最短でも往復十日の旅に二人も用意してくれたもんだよ。

ラングレー本家の方にも、私が行くという連絡は通ってるはずだけど、返事は聞いてない。その前に旅立っちゃったからね。まあ、迎え入れる準備はできてなかったとしても、歓迎はしてくれるだろう。

私は身内には愛されるワガママ娘だからね！

この世界の魔物には繁殖期があって、ここしばらくが戦う上位貴族の繁忙期に当たる。大体国中がそんな感じ。魔物の種を問わず、どこの領地でもね。

それを乗り越えれば、しばらく一息つけるようになる。

毎年その時期に、トリスタンは公爵としての最低限の仕事を行うために王都に来るわけだ。大小様々な各領地から、一斉に領主がやって来て、短い社交シーズンに突入。王都で超大物が溢《あふ》れ返ることになる。

さながらオールスター夢の競演。スタープレイヤーの集結に、社交パーティーの会場前にはグルーピーが雲霞《うんか》の如《ごと》く群がるのも季節の風物詩。

強くて美人の名物女公爵ロクサンナには、公認のファンクラブもあって、この時期は各会場で追っ掛けが絶えない。

昔から派手好きな子だったからね。ここ数年はマダム・サロメのお得意さんを公言してくれてて、稼ぎ時でもある。あの子の好みはガッチリ把握してるから、もはや入れ食い状態。ちょっと実験的なデザインも、むしろ喜んで着てくれて、日々露出過多への世間のハードルを下げる手助けをしてくれる。

その上装飾品専門の店をオープンさせたから、ファンのプレゼント購入で大幅な売り上げも期待できる。それを身に付けたロクサンナがパーティーに出れば、宣伝効果絶大。更に稼げる好循環。まさにウハウハですな！

とにかくそういう国民のファン活動を許す緩さが、この国のいいところだよね。なにしろ注目対象がこの国最強のメンツなんだから、何の危険もあろうはずがない。

とりわけお父様のトリスタンは、スター中のスター。

一緒に外出すると、注目度がハンパないことになる。基本目立つのが好きな私としても鼻高々だよ。毎年お父様とのお出掛け用の衣装を、気合入れて準備してたからね。大好きなお父様とのデートは、この時期一番の楽しみだった。

五大公爵の中でも、最強の呼び声高い天才騎士のトリスタン。

学園時代から勉強は赤点だらけでも、確かに戦闘は最強だった。大預言者の私が見ても、疑いようのない本物の天才。まあ、天才にありがちな、紙一重の部分は否めないけど。叔父様みたいに常識的に振る舞える天才の方が珍しいのかもね。

実は教師時代に、脳筋どもを何とかしようと試行錯誤したことはあった。

思い返せば、私が教師として学園に舞い戻ってから一番力を注いだのは、ブートキャンプ方式の改善。

十年かけて、文官系と戦闘系の二科にはっきり分けた。どちらも全力でやれというのは、効率が悪過ぎだからね。代わりに選択科目を大幅に増やした。やりたい奴《やつ》だけどんどんやればいいと。

ただし毎年の荒っぽい恒例行事はそのままに。だってあれはお祭りだもん。あんな楽しいイベント、生徒達から奪うほどヤボじゃない。そもそも仕掛ける側《がわ》になってからが、面白いんだから。仕事としてより、もはや娯楽として、かなりノリノリだったな。


さあ、諸君も遠慮せず、私が限界まで知恵を絞って仕掛けた罠《わな》の数々を堪能してくれたまえ‼ 君達の逃げる地点を完璧《かんぺき》に予知して、二重三重の罠が待ち受けているから気を付けろ‼ 素直な奴は全滅だ‼ ——てなもんだ。私が一番楽しんでたのは間違いない。


とにかく結果として、得意分野に専念できるようになったことで、学生達の能力は飛躍的に伸びた。専門馬鹿で上等だ！ 前世では、私もそれでトップに立った‼

けれど、予想はしていたものの恐るべき弊害も……。脳筋バカはますます馬鹿に‼ ああ、まさに一周目の私‼

ある意味トリスタンも、その方針の影響をダイレクトに受けた被害者の一人と言えなくもない。

さてどうしたものかと考えて浮かんだのが、一周目の脳筋父唯一のインドア趣味、将棋。お父さんに勝ったら、ご褒美に夕飯の肉のグレードが上がるから、私けっこう頑張ったんだ。

ここの文化ならチェスとかの方が合うんだろうけど、残念ながらルールを知らなかった。馬の頭しか覚えてないわ。

将棋の再現で、まず手こずったのは駒の翻訳。正直迷走したねえ。

とりあえず王、兵、角、飛の戦闘系と、金、銀、香、桂の宝物系をそれぞれこの世界の物に置き換えてみた。ちなみに角はユニコーン。せっかくファンタジー世界なんだから、牛よりかっこいいでしょ⁉　戦闘力は分からんけども。馬がかぶってるという苦情は受け付けません！

龍王《りゆうおう》なんかそのまま訳したらキングドラゴン？　それともドラゴンキング？　どっちにしろ肝心の王より偉そうじゃね？　そもそもこの世界、ドラゴン実在するからね。とにかく、四苦八苦しながらなんとか程よい感じの魔物に当てはめたりして、導入してみた。

すると、生徒より先に、戦闘学科の教師達に、戦術シミュレーションとして受け入れられる結果に。

バルフォア学園発の『ショーギ』は、あっという間に王都中に流行《はや》り出した。故郷へ戻った生徒達から更に広がり、今ではこの国の上流階級の嗜《たしな》みだ。

なんと私は、ファンタジー世界に『ショーギ』を広めちゃったのだ。別に前世の記憶でどうこうする気はなかったのに。でも馬鹿どもに、戦術とか思考すること自体を遊び感覚で仕込むには、かなり有効だった。

今思えば、脳筋父さん、私達脳筋四兄弟の教育に苦労してたんだね。遠く離れてから初めて、親の工夫と愛情に気付いたものだった。ありがとう、パパ。

ただこの程度では、トリスタンには何の効果もなかったけどね。奴の興味のないことへの無関心は筋金入りだった。そう考えると、戦闘では超天才な兄と、天才的頭脳の持ち主の弟に挟まれてた秀才どまりのランスロットって、メンタル最強だったのかも。人格的にものすごくできてた上、能力的にも素晴らしくバランスの取れた優秀な生徒だった。

ちなみに人間性の点については、弟二人ともトリスタンをぶっちぎってる。

グラディスとしての私がトリスタンを好きでいられたのだって、ジュリアス叔父様がいたからだと断言できるぞ。

父親としての役目は、全部叔父様がしてくれてた。だからトリスタンに対して、父親としての期待を何もせずに、強くてかっこよくて色々プレゼントくれて無責任に可愛《かわい》がってくれる親戚《しんせき》のおじさんくらいいな感じで、大好きでいられたんだろうな。子供だったら、あんな干渉皆無の無関心な父親、嫌うはずだもんね。

滅多に会えないから、逆にいいのかもしれない。変人と毎日付き合うのは疲れるもん。

なんとかうまいことイーニッドに押し付けたいもんだ。

そうしたら家族揃《かぞくそろ》って王都に戻って、叔父様の授賞式に出席といこう。

受賞者の身内、しかもあのラングレー公爵と一緒となれば、これは超目立つ。帰るまでにはドレスのデザインを仕上げておかないとだな。

あ、そういえばまだウエディングドレスは作ったことがない。イーニッドによく似合うものも考えておこう。ちょっと気が早いかな。でも超楽しみ〜。

帰りはにぎやかになるように、向こうでひと頑張りしないとね。やっぱり旅はみんな一緒がいいもんね。

後二～三時間で到着という辺りで、日常にない空気感に、窓の外を見回した。叫び声や破壊音。割と近くで戦闘が行われてるらしい。

この辺りだと、ソレク村の丘陵かな。ここではこの時期、低レベルの魔物がわんさか出てくるから、若手の訓練にちょうどいいらしい。野営しながら、数日がかりで殲滅《せんめつ》するという話を聞いたことがある。

予定変更、ちょっと覗《のぞ》きに行ってみよう。

危ないからやめろとか、邪魔をしてはいけないとか、そういうヤボを言うようなスタッフは、うちにはいない。さあ、最前線へレッツゴーだ！

◆◆◆

野営地に馬車を停《と》めて、後は戦闘地帯まで散歩気分で歩いていく。さすがにザラは置いて、護衛二人だけが付いてきた。別にいなくても、私に万に一つの危険もあるはずはないんだけどね。

現場にはトリスタンがいるはずだから。

少し進むと、すぐに活気ある空気に包まれた。遠目にも、一回り体の小さい騎士見習い達が、魔物と戦っている様子がよく分かる。

注意深く観察すると、防衛ラインの後方から、笑顔で私に手を振るトリスタンが見えた。私が見付けるより先に私に気付くとは、戦場ではホントに無敵だな。どんな索敵能力してんだよ。

「お父様！」

私は笑顔で無防備なまま駆け出し、トリスタンの胸に遠慮なく飛び込んだ。ちょっとした勢いの子供砲弾を、トリスタンは優しく軽々と受け止めた。

「やあ、グラディス！　大きくなったね。それにますます美人になった。来てくれて嬉《うれ》しいよ」

片腕で私を抱えて、空いた腕で抱きしめてくれた。約一年ぶりの親子の対面だ。

「今頃《いまごろ》城では、君の歓迎会の準備の真っ最中だよ。予定の空いてる親戚はみんな集まる」

「ええ？　そんな大袈裟《おおげさ》にしなくてもいいのに」

「やっぱりずっとこっちに住む気はないのかい？」

「ごめんなさい。私の生活は王都にあるから」

「そうか、残念だな。では、ここに滞在する間は、目一杯楽しんでいくといい」

「はい」

楽しく親子の会話をしながらも、前線の誰かが危機に陥ると、トリスタンはすかさずフォローする。現場を振り向きもせずに。魔術の遠隔攻撃で魔物の攻勢を潰してるのは予想が付くけど、何やってるのかは全然分からない。っていうか、何かやってるのか？　って疑問になるくらい、動きが見えない。まるで魔物が勝手にダメージ受けて、勝手に倒れてくみたい。

本当にバケモンだよな。

だからこそ私は安心して、会いに来られるわけだけど。

「じゃあ、グラディスも来たことだし、この戦場はこれで終わりにしようか。一緒に帰ろう」

「はい！」

私が元気に頷《うなず》くと、前線の方から派手な音が聞こえて、あっという間に静寂が訪れた。

これで、ここの戦闘は完結したらしい。

やっぱりバケモンだ。

「ちょっと後片付けするから、ここで待ってて」

「はい」

野営地まで抱えられたまま戻り、ひとまず降ろされた。トリスタンはそのまま配下の人達の方に向かった。

陣内で慌ただしく撤収の準備に入る様子を、面白く眺めていると、後ろで誰か立ち止まった気配がした。

ああ、これは……。

「グラディス！」

振り向くと予想通り、従弟《いとこ》のマクシミリアンが驚いた顔でそこにいた。十歳ながら、当然のように訓練に混ざっている。

「マックス！」

お父様にしたように、マックスにもハグにいく。マックスも嬉しそうに受け止めてくれた。

おお、身長差が更に引き離されてる！　一年でずいぶん逞《たくま》しくなったな。

そんなことを思った一瞬、マックスの腕が微《かす》かに止まった気がした。気のせいかな？

よく見ると、ちょうど目の前に見える耳が少し赤い。

はは～あ、なるほど。去年は完全なる大平原だった場所に丘陵が発生したことに気が付いたわけですな？

だけどそこは迷わず構わず行ったと。それでこそ漢《おとこ》だぜ、マックス！

成長期はお互い様だからね～。

「お前が来たから訓練終了になったのか。もっと戦いたかったんだけどな～」

離れてからマックスがぼやいた。

「帰ったら御馳走《ごちそう》みたいよ。私の歓迎会だから」

「やった！　早く帰ろうぜ」

久しぶりでも会話は弾む。けれどそこでマックスは、少し腑《ふ》に落《お》ちない顔で私の目を覗き込んだ。

「なんかお前、少し変わってない？」

「一年近くも会わなかったら、女の子は変わるに決まってるでしょ」

笑顔ではぐらかす。やっぱ姉弟《してい》みたいな付き合いだからか、違和感は誤魔化《ごまか》せなかったか。

そう思いながら、金色の瞳《ひとみ》を見返してハッとする。

お父様や叔父《おじ》様とよく似た顔立ち、印象的な銀の髪。ヤンチャの中にも甘さの漂う騎士見習いの美少年。

最後の一人、お前か～～～～～！！？

まさか四人目の銀髪青年がこんな身近にいたとは……。身内感が強過ぎて、気が付かなかった。まあ、弟みたいなもんだし、これからホントの弟になる予定だから、これはないか。

といわけで、マックスはスルーだ。

これでグラディスが未来で好きになったかもしれない四人が、全員出そろったわけだね。

以上で予言による運命の恋人（フラレ予定）探索は終了としよう。なんか分からないままだと、喉《のど》の奥に小骨が引っかかってる感じで気になったんだよね。これでスッキリしたから、もういいや。

私の人生、四人しかいい男が現れないわけでもないだろうし、先のことは全部白紙だもんね。心置きなく素敵な恋人を探すとしよう！

「何だよ、妙な顔して」

「ふふふ、なんでも？」

脳内で速攻排除し、にっこりと誤魔化した。

後は黒いフードの男だけど、仮にフードなしで出てこられたら、気付くかなあ。こいつが一番気になるとこなんだけど。私を殺すかもしれない、黒い死神。

予言通りなら、出会い自体が数年先になるんだろうね。少なくとも、グレイスと見間違える程度の年齢だから、学園生くらいの年頃になってからかな。いくらなんでもそんな怪しい奴《やつ》と、何回も顔を合わせて私が気付かないなんて考えにくい。とすると搦《から》め手《て》よりも、不意打ちに注意か。

そういえば、あの猟奇殺人鬼の捜査は打ち切られたらしいんだよね。半年たっても手掛かりすら掴《つか》めなくて。

私もあれから何度かあの現場に行ってみたけど、やっぱり予言は降りなかった。黒いフードの男が関係あるのかも、魔物が増える予言との因果関係も、何も分からない。

それ自体が、私にとっては異常現象なんだけど。

学者や魔導師の調査で、魔物を召喚する魔法陣であることはほぼ認定されたらしいけど、それだけ。

私の印象では、召喚というよりは、生成。そしてあの魔物は試作品。完成度よりも、できるかどうかを試す試金石。そんなイメージ。

だから次もあると読んでいる。多分、更に完成度を上げて。そして生贄《いけにえ》も伴って。

調査は、打ち切るべきじゃないんだけど……。

「グラディス！　準備ができたよ。行こう」

トリスタンに呼ばれ、私の思考はそこで途切れた。

「一足先に行こう。馬車は後からくればいい」

トリスタンが連れてきた馬に、ひょいと乗せられた。その後ろにトリスタンが乗って、馬が走り出す。

そうだね、考えるのはまた後にしよう。今は他にやることがある。

「お父様、私、乗馬ができるようになったのよ！」

「それはいいね。ここは遠乗りには最高だ。行く時はマクシミリアンを連れて行くといい。この辺りくらいなら、きっちり護衛になるよ」

「はい」

おお、マックス。トリスタンにそれなりの評価を受けてるぞ！　頑張ったんだな！

よし、さっさと問題を片付けて、遠乗りに連れてってもらおう！

◆◆◆

ラングレー城に帰ると、すでに三十人を超える一族が集まって、大広間で酒盛りが始まっていた。

お～い、主賓の御到着ですよ～。あ、聞いてないですね～。どうぞどうぞ、続けて下さい。いつものことなので慣れてますよ～。

結局のところ、何か理由を付けてはどんちゃん騒ぎがしたいだけなんだよね。まあ、気を遣わなくていいのが、体育会系一族のいいところなのかな？

「グラディス、いらっしゃい。長旅お疲れ様。あなたの食事はこちらに用意してありますよ。マクシミリアンも一緒にいらっしゃい」

「お世話になります、叔母《おば》様！」

イーニッドが、酔っ払いの集団とは少し離れた席に、御馳走を用意してくれていた。トリスタンと別れ、子供だけで、食事の席に着いた。

夕飯にありつきながら、イーニッドを目で追うと、甲斐甲斐《かいがい》しく仕事帰りのトリスタンの世話をしている。うん、ゴーサイン、出していいね、これ。

「マックス。ちょっと相談があるの。後で二人きりになれる？」

「なんだよ、ここじゃダメな話なのか？」

「かもね」

「おやおや、早速何かの悪巧みかね、お嬢ちゃん」

声を潜めていた私とマックスの会話に、酒瓶を抱えた老人が割って入ってきた。

「セオドアおじい様！」

私の隣に腰を下ろし、いたずらめいた表情でのぞき込んでくる。

「突然領地に戻って来て、どんな楽しいことをやらかすつもりかな？」

「それは、お楽しみということで」

私は笑顔でとぼけて見せた。多分、分かってるだろうけどね。

セオドアおじい様は、本当の祖父ではない。たしか高祖父の弟？　正直血縁関係がごちゃごちゃしてる上、興味もなかったから、あんまりその辺把握してないんだよね。曾祖母《そうそぼ》だ大叔父だ又従兄弟《またいとこ》だ、その配偶者やら兄弟やらと入り乱れてて、いちいち覚えてられないもん。だから大体の年齢で、おじい様とおじ様を使い分けてる。

このセオドアおじい様はなんと前世の私の年齢を合わせても若干上回る、九十歳超え！　戦場以外役に立たない領主のトリスタンに代わって一族を取りまとめる、今なおかくしゃくとしたおじいちゃんだ。

多分、ジュリアス叔父様が後七十歳年を取ったら、こんな感じなんだろうね。ラングレーの家系は何代か置きに天才が現れるらしくて、この人もそう。

ニコニコとした顔で、まるで全《すべ》て見通しているよう。年季が入ってる分、ジュリアス叔父様より砕けてるけどね。

ワガママ娘の私を特に可愛《かわい》がってくれるから、私も大好きだ。

私が領地に戻らずに王都で好き勝手できてるのは、このおじいちゃんが一族を抑えてくれてるからなんだよね。前のグラディスは気付いてなかったけど、状況を観察してみて間違いないと思う。

今も、他の大人の目が向く前に、真っ先に私の元に来てくれたし。みんなの私に対する意見や不満を、いい感じにコントロールしてくれてるみたい。

「期待していいのかな？」

「もちろん！」

「おい、何の話をしてるんだよ？」

私達の会話に、マックスが一人首を捻《ひね》る。だから、それは後でね。

食事を終えて、お風呂《ふろ》の用意をしてもらった。ザラは滞在のために部屋を整えているから、イーニッドが連れて行ってくれた。田舎《いなか》だし身内の繋《つな》がりが強いから、こういうとこも適当で緩い。親《しん》戚《せき》のおばちゃんになってしまった元生徒と、楽しくおしゃべりだ。

「旅で困ったことはなかった？」

「いいえ、全然。叔母様は、お父様に困らされてませんか？」

「もう、慣れたわね」

イーニッドは、楽しそうに笑った。ああ、相変わらず気立てのいい子です。そしてやっぱり気持ちも満ちて、いいタイミングのようだね。

苦労よりも充実感を幸せに思う叔母様に、最大の幸せをプレゼントしましょう。ぜひうちの不良物件を受け取っていただきたい。

魔道具のランタンをかざしながら、城の外の細い歩道を、二人で並んで歩く。

もちろん城内にも浴室はあるんだけど、田舎だけあって、城の裏口から徒歩五分の敷地内に温泉があるんだよね。ちょっとこじゃれた外観だけど、中に入るとお風呂なの。それもちゃんと男女別に仕切られた露天風呂《ろてんぶろ》付き！　きっと戦闘一族にはありがたい施設だよね。ラングレーに来た時のお楽しみの一つなのだ！

「後からマクシミリアンも入りに来るはずだから、帰りは一緒にね？」

「はい！」

まだまだ忙しいイーニッドは私を置いて、屋敷に戻っていった。

女性用の脱衣所に入ると、誰《だれ》もいない。

やった！　貸し切りだ！　やっぱみんな風呂より、どんちゃん騒ぎだよね。

一周目を思い出すね。盛大に脱ぎ捨てて、室内風呂はスルー。早速露天風呂へゴー！！！

汗を流してから、ゆっくりと浸《つ》かった。

あ～、いい湯だな～。体に染み渡る！

満月がきれいだね。田舎の夜は、最低限に用意された灯《あか》りしかなくて、静かな暗闇《くらやみ》の中、星がよく見える。

なんか無防備みたいだけど、魔法的な防犯設備がきっちり敷いてあるらしい。ノゾキその他の対策もばっちりだから、落ち着いてのんびりできるのだ！

誰もいないとなれば、潜水と平泳ぎは必須《ひっす》！　あ～、テンション上がります！

三十分くらいバチャバチャ遊んでたら、高い仕切りの向こうから焦った声が聞こえてきた。

「おい、グラディス⁉　溺《おぼ》れてないか⁉　大丈夫か⁉」

男湯にやって来たばかりのマックスが、尋常でない物音にぎょっとしたらしい。

「あー、大丈夫！　遊んでただけ～」

「紛《まぎ》らわしい真似《まね》するな！」

「ごめ～ん」

おっとアブナイ。この状態で突入されるのはさすがに恥ずかしい。背泳ぎをやめて、大人しく岩の段差に腰掛けた。

「まだ時間かかるのか？　俺、長風呂《ぶろ》嫌いなんだけど」

「じゃあ、もうちょっとしたら出る！」

「おう、分かった」

マックスは今来たとこだから、後十分くらいしたら出よう。あいつは烏《からす》の行水だから、それでも長いくらいだ。

鼻歌を何曲か歌って、十分堪能したところで、露天風呂を上がった。


「おまたせ」

「おう」

すっぽりかぶるワンピースタイプの寝巻を着て、脱衣所の外に出ると、マックスがすでに待ってた。やっぱりラフな上下の寝巻姿。この身内内での大雑把さが、ラングレーのいいとこだね。

ちょうど二人きりだし、例の相談をするとしよう。おっとそれはともかく……。

「ところで、魔術は上手になった？」

「ん？　おう、去年とは比べ物になんないぜ」

「じゃ、熱風ちょうだい」

マックスにドライヤーを要求。いつもはザラにやってもらうんだけど、戻るまで少し時間かかるからねえ。

初めてでも、マックスならできるでしょ。才能だけは無駄にあるラングレーの男だし。

「しょうがねーなあ」

マックスは特に嫌がる様子もなく、私の自慢の金髪に熱風を当て出した。こういうとこ、弟気質だな。他人に頼めないようなことも普通にやってくれる。

おお、さすがにうまいぞ⁉　私の無茶ぶりに、初めてとは思えない技の冴え！　強過ぎず熱過ぎない、ほど良い具合で乾かしていく。私にはよく分からないけど、慣れないと調節が難しいらしいのに。あれ？　もしかして水系の魔術も併用してない？　ホント器用だなあ。

「で？　なんか話があるんだろ？」

美容師のように私の髪をいじりながら、聞いてくる。

「うん。イーニッド叔母《おば》様なんだけど、私のお義母《かあ》さんになってもらってもいい？」

単刀直入に訊《き》いてみる。予想外のはずの質問にも、マックスは特に驚きは見せなかった。

「ああー、それかあ。どうなんだろうなあ。俺はいいんだけど、母さんがなあ……」

意外にも冷静な様子だ。なんだ、いいのか。

「っていうか、今の状態宙ぶらりんだし、一族みんな、伯父上と母さんがまとまってくれることを期待してるんだけどなあ」

「普通に考えれば、そうだよね。何でまとめないの？」

「おじい様達も、これまで何回も母さんにそれとなく打診してるらしいぜ？　でも、母さんが頑として首を縦に振らないから、それ以上無理強いもできないって。まだ死んだ父さんを想《おも》ってるのかな」

おお、やっぱりみんな動いてたのか。そしてやっぱりトリスタンの意見は誰も聞かないらしい。

つまり百パー、イーニッドの気持ち待ちか。まあ一族としては、グレイスで盛大に失敗してるから、人物に間違いのないイーニッドは待望の後妻候補だよね。

そして大きな誤解がある。

誰も、イーニッドの気持ちに気付いてないのか。受け入れない理由を間違ってるな。夫を失った心の傷は、八年という時間がちゃんと相応に癒《いや》してくれてる。気持ちもトリスタンに向いてる。ただ、イーニッドは良くも悪くも昔気質《かたぎ》な女性の価値観持ってるからなあ。子持ちの寡婦が亡き夫の兄に懸想するなんて、はしたないことだと思ってんだろう。いくら周りに言われたからって、はい分かりましたとは頷《うなず》けないいんだな。更に娘の私の気持ちも慮《おもんぱか》ってるだろうし。私は全然オッケーなんだけど。マックスだって、ずっと父親代わりのトリスタンのことは慕ってる。

つまり働き掛ける相手を間違ってるわけだね。

「じゃあ、お父様と叔母様、結婚してもらっちゃっていいわけね？」

「できるもんならな」

よっしゃ、息子の許可は取れたぜ！　これで動ける！

「ほら、これでいいだろ？」

マックスが私の髪をサラサラと手櫛《てぐし》で梳《す》いてくれた。うん、見事な仕上がりです。

「ありがとう。で、二人が結婚したらだけど、あんたが次期公爵候補にほぼ決定するよ？　心の準備はできてる？」

「当然だ。お前はやる気ないんだろ」

「うん、ないね」

「じゃ、俺しかいねえじゃねえか」

「だね。円満解決でよかった。ふふ、そのうち、弟妹とかもできるかもよ？　楽しみだなあ」

「気が早過ぎだよ。まずは結婚だろ?」

「そこはなんとかするから」

「それを企《たくら》んで、こっちまで来たわけか」

セオドアおじい様とよく似たいたずらっ子のような顔で、マックスはランタンを手に取った。

「で、俺は何をすればいいんだ?」

自然に私の手を取って、帰り路を歩きながら乗り気で訊いてきた。

「私が勝手に動くから、その場のノリに合わせて対応してくれればいいよ」

まだ厳密な作戦が決まってるわけじゃないからなあ。まあマックスなら私に合わせて、臨機応変にやってくれるだろう。

「それにしても、なんで今、急に動く気になったんだよ」

私の唐突な行動に、マックスは当然の疑問を投げ掛けた。

「ジュリアス叔父《おじ》様がね、ハーヴィー賞取ったの」

「マジか⁉」

素直に驚いてくれる。そりゃ、親戚のおじさんがノーベル賞取ったとかいきなり言われたら、普通驚くよね。ホント、この国ではそれに近いことだから。

「で、そろそろ学者活動に専念させてあげたい」

「……お前は、本当にジュリアス叔父上好きだなあ」

マックスはどこか複雑そうな表情をする。まあ、ほぼその理由のために、これから引《ひ》っ掻《か》き回されることになるんだもんね。思うところもあるか。

でも、そこは譲れないとこだから。

「うん、だから、授賞式には家族揃《そろ》って出てあげようね。お父様は叔母様に譲ってあげるから、私はマックスがエスコートしてね」

「お、おう」

あ、ちょっと照れた。お互いまだ子供だし、そんな機会なんか今までなかったもんなあ。夜会とかそんな正式なものじゃないから、もっと気楽な感じでいいとは思うんだけど。来賓としては何回も出席したけど、一般の招待客としては初めてなんだよね。

新鮮で楽しみ。

お楽しみの時を待ちわびながら、その前のひと頑張りといきましょう。

◆◆◆

城の大広間に戻ると、親戚の数は五十人以上に増えていた。

大宴会だな。主賓をほったらかして宴もたけなわですか。まあいいんですけどね。

いや、人数は多いほうがいいか。

トリスタンは宴会に混ざって飲んでるし、イーニッドはオバちゃん達を指揮して料理や酒の配膳《はいぜん》と片付けに大わらわ。

「グラディス！」

相変わらず目敏《めざと》いトリスタンは、すぐに私の登場に気付いて手招きをする。

よし、今ここでやってやろう。

「マックス、行こう」

「おう」

隣のマックスに目配せして、一緒にトリスタンの席に着いた。

「君達も呑《の》むかい？」

トリスタンは笑顔で、火を付けたら確実に燃える度数の酒を勧めてくる。

くっ、このダメ人間め！　後で付き合ってやるから、四年待っとけ‼

「いけませんよ、お義兄《にい》様。ほら、あなた達はこれを」

イーニッドがすかさず冷たいレモネードを、お風呂上《ふろあ》がりの私達に出してくれた。

くううっ、ホントにでき過ぎだよ、トリスタンにはもったいないよ！　さて、心を鬼にせねば‼

「そういえばグラディスは、なんでこんな時期にこっちに来たんだ？」

私のやる気を察したマックスが、さりげなく会話の糸口を作ってくれた。ホント、空気の読める男だな、マックス‼

さあ、ラングレー家一のワガママ娘のご登場ですよ！

「それは、お父様に苦情を申し上げるためよ！」

「それは穏やかではないね」

私の宣言に、トリスタンはきょとんとした。

「俺は何をやったかな？」

「十一歳の誕生日プレゼントよ！　覚えてるかしら⁉」

「……ああ、あれね。何か問題が？」

トリスタンは頷くけど、お前が覚えてるわけあるか‼　と、突っ込ませてもらおう。

こいつは私の誕生日なんて覚えてもいない。気を利かせたジュリアス叔父様が、秘書のローワンに指示して、お父様名義で贈ってくれてるだけだよ。こいつ自身は秘書に選ばせてすらいないからね！

ちなみにジュリアス叔父様は、私へのプレゼントは必ず自分で選んでくれてる。そういうとこだよ、トリスタン⁉

「わたしのファッションは、王都ではとても注目を浴びてるのよ？　あんな趣味の悪いもの、とても使えるわけないわ。私のセンスが疑われてしまうもの！」

ローワンごめん！　ありがたく使ってるから！　心の中で詫《わ》びながら、クソミソに貶《けな》し出す。

突如勃発《ぼっぱつ》した、親子《おやこ》喧嘩《げんか》……というより、半年も前の出来事での一方的な言いがかりに、他の酔っ払いが注目し始めた。

「いーぞー、もっと言ってやれぇ！」

面白がって野次も飛んでくる。人望なさ過ぎだな、トリスタン。イーニッドも窘《たしな》めたそうだけど、親子のコミュニケーションでもあるから、困った顔で見守ってくれてる。

「悪かったよ。じゃあ、グラディスは何が欲しいんだい？」

お、トリスタンが乗ってきた！　基本こいつは無関心でも、会えば目茶苦茶私に甘いからね！　怒られたことないし。

「お父様みたいな朴念仁《ぼくねんじん》に、私の欲しいものなんて用意できるのかしら？」

「おや、見くびられたものだね。これでも公爵だからね。君のためになら何だって用意してあげるよ」

「本当かしら？」

「信用してくれ。絶対だ」

よし、言質《げんち》頂きました！

「では、お母様を」

おおおおおおおおおっ！！！

周囲から歓声が上がった。

予想を超える面白展開に、ホールの一同は飲食の手を止める。目の前で繰り広げられ始めたショーに、期待を込めた熱視線を送り出す。

「お父様に用意できるかしら？」

「もちろんだ」

お父様はグラスを置くと、傍《そば》でやり取りをひやひやとながめていたイーニッド叔母《おば》様の元に歩き、片膝《かたひざ》をついた。

「イーニッド、俺と結婚してくれ」

よっしゃあ、言った！　男としては最低のプロポーズだが、よく言ったぞ‼

周囲からもやんややんやの大喝采《かっさい》だ‼

いくらトリスタンが人を愛せないタイプの男とはいえ、人の好き嫌いはきっちりあるからね。嫌いだったら完全スルーで、まったく見向きもしない。傍にいて一番安らげる女性がイーニッドであることは、疑いようがなかったんだ。

突然のプロポーズに呆然《ぼうぜん》としたイーニッドは、トリスタンに手を取られて見つめられ、途端に真《ま》っ赤《か》になった。

ああ、ホントにダメ男が好きですね、あなた。

一族の注目は一斉にイーニッドに集まり、その返事を今か今かと固唾《かたず》を呑んで見守る。

そして古き良き女性の価値観を持つイーニッド、一族郎党衆人環視の中で惚《ほ》れた男に恥をかかせるわけにはいきませんね。

「……はい」

恥じらいがちに頷いた。

「うおおおおおおおおっ！！！」

今度こそ、ホールを揺るがす拍手と大歓声。そのまま婚約パーティーに突入だ‼

はい、いっちょ上がり！！！　私の隣で、ことの成り行きを呆《あき》れたように見守ってたマックスとハイタッチだ！

「お前、ホントにスゲーよ」

幸せそうな母親を見つめて、マックスが声をあげて笑った。

「期待以上に楽しいオイタだったね、お嬢ちゃん」

「はい！」

セオドアおじい様が、私の頭を撫《な》でてくれた。本当の意味で年上のおじい様に褒められて、珍しくちょっと照れちゃったよ。

これで私には、素敵なお義母様と、可愛《かわい》い義弟ができたわけだね。不束《ふつつか》な父娘《おやこ》をよろしくね。

◆◆◆

晴れて婚約が調い、大人達は早速色々な準備で忙しいらしい。

私とマックスは二人で、トリスタンに勧められてた遠乗りに行った。天気も良くて、風も気持ちよくて、絶好のピクニック日和《びより》。初お披露目になる私デザインの乗馬服で、気分も超上がる！

「お前、ホントに乗馬習いたてか？　完璧《かんぺき》に乗りこなしてるじゃねーか」

「ふふふ、すごいでしょ」

借り物の馬を見事に操る私に、マックスが感心してくれる。鍛え過ぎてないこの体、腕力と体力は劣っても、運動神経には自信があるからね。さすがにラングレーとイングラムのハイブリッドDNAだ。

「あの辺りで休憩しようぜ。いい景色《けしき》なんだ」

「うん」

景色のいい場所で馬を休ませる間、その辺を散策といこう。牧歌的な風景、色とりどりな草花が咲き乱れている中の散歩も乙なものだね。インスピレーションがガンガン湧《わ》いてくる。

「今後の予定、どうなったの？」

並んで歩くマックスに聞いてみる。私としては王都で盛大な結婚式をと思ってたのに、再婚同士ということもあって、なんか地味にいくっぽい。ウエディングドレス、作りたいのに。

「もう、一族の念願だったたからなあ。気が変わらないうちに、ちょっとした式をこっちですぐ挙げて、後で王都でも式なしの披露宴って話になったみたいだな。来月には社交シーズンだし、家族全員で王都行きになるな」

「やっぱりそうかあ。つまんないなあ」

「いや、さすがに公爵の結婚なんだから、王都でのパーティーはそこそこ派手にするだろ？　多分」

「じゃあ、授賞式用の他に、披露パーティー用のドレスが必要だね！」

「ブレねえな、お前は」

「マックスは、次期公爵としてのお披露目にもなるんじゃない？　正式にはまだ先としても、周りはそう見なすよ？」

「次期公爵かぁ……」

呟《つぶや》いて少し無言で考え込んだマックスは、立ち止まると私の手を掴《つか》んだ。

「公爵は俺がなるから、お前、公爵夫人になることも考えてくれよ」

「はあ？」

ちょっと考え込んで、意味を咀嚼《そしゃく》する。

「それは、プロポーズってこと？」

「そうだ」

「姉弟《してい》になったのに、まだこれ以上の繋《つな》がりって必要？」

両親同士の結婚で、もう十分だと思うんだけど？

でもマックスの目は真剣に私の目を射抜いてきた。

「お前を姉と思ったことはねえし、これからもねえ」

へ？　何？　どゆこと？

「まさか私に惚れてるとでも？」

「そうだよ」

「はああああああ⁉　初耳なんだけど⁉」

「このまま黙ってたら、手遅れになるまでスルーされそうだったからな」

マックスがここでぶっ込んできた！！？

え⁉　もしかしてこれ、私、人生初の告白されてますか⁉　弟になりたての男の子から⁉

ちょっと待て、これは予定になかったぞ⁉

そもそも私はその辺の鈍感系ヒロインとは違いますよ⁉　カンの鋭さが売りの大預言者様ですよ⁉　イーニッドの気持ちの変化だって何年も前から読んでたのに、こんな身近なとこで、気付かなかったなんてことがあり得るの⁉

あああああっ、やっぱり二周目のせいか⁉

私はその辺の感情だけは、二周目で完全にシャットアウトしてた。だって下手《へた》に好かれてるとか気付いても、応《こた》えられるわけもないし、どうにもならないし、無駄に動揺するだけだから。他人の恋愛事情には平気で首を突っ込んでも、自分のことは完璧にノールックを決め込んでた。

何十年もそれをやり過ぎて、この三周目でも、加減が分からなくなってるのか⁉

ああ、それとも考えようによっては、それでいいのっ？　相手の気持ちが分からないことこそ、恋愛の醍醐味《だいごみ》な気もする。何でも分かり過ぎちゃうより、全然アリ⁉

とにかくマックスにフラレ予定の予言は、早速外れて……って、あれ？

あっ！！！！！　……なんか、とんでもないことに気が付いたぞ。

私、銀髪青年の予言だけ、すっ飛ばしてる。死の間際の苦痛と混乱で、ちゃんと見てない！

じっくり思い返してみると、なんか、私壁ドンされてた気がする！

マックスルートなら、私恋愛できるのか⁉

よくよく考えてみれば、マックスはジュリアス叔父様《おじさま》によく似た私好みの美形。私のワガママも聞いてくれるし、私を理解してくれてもいる。愛するより愛される方が幸せってやつ⁉

これは想定外の拾い物じゃないっ⁉　幼い頃《ころ》からの許嫁《いいなずけ》パターンの夢再び！！？

「ちょっと実験」

両手を広げ、ハグを要求してみる。

マックスはすぐに私の意図を読んで、私を抱きしめた。

明らかにいつもの感じとは違う。力強い抱擁。マックスの鼓動が急激に速まったのが分かる。

私、ホントに女の子として好かれてる？

私はどうだろう？　記憶が戻る前からずっと、弟のように思ってきた。大好きだけど、恋愛感情かと聞かれれば、多分違うんじゃないかな。よく分からないけど。

例えば一周目。筋肉兄貴達に惚れるかと言われれば、百パーセントないと断言できる。筋肉兄貴はナシでも、筋肉弟ならアリになるんだろうか。血の繋がりも従弟どまりだし。

だけどこんなに強く抱きしめられてても、ときめく気配がない。この先、そういう気持ちになる想像がつかないな。

そもそも元格闘家としては、ちょっとやそっとの身体的接触では何とも思わないのかもしれない。触れ合う度にときめいてるわけにもいかないしな。関係ないけど、そういえばボクシングのクリンチって、普通に半裸の敵を抱きしめてるな。

「苦しいっ、マックス、強過ぎ！」

「ああ、悪い……」

さすがに騎士見習いだけあって、すでに尋常じゃない力だよ。緩んだ隙に、体を離した。

とりあえずの結論。

「ごめん。現時点では、弟にしか思えない」

「別に、焦ってねえよ」

マックスは特にがっかりした様子もなく、私と手をつないだ。

「成人までまだ時間はあるしな。俺も、候補に入れとけって話」

そう言って、私の手を引いて歩き出した。

おお、私の弟、スゲエ男前だ‼　だけど、ときめかない‼

……ああ〜、なんだ、この惜しさは。私自身が、ものすごく残念だ……。

閑話五　マクシミリアン・ラングレー（従弟・義弟）

来月、社交シーズンに向けて王都に行くことになっている。

ここ何年かトリスタン伯父上に同行させられるようになったのは、多分すでに次期公爵としての根回しが始まってるんだろうと思う。ジュリアス叔父上もグラディスも、領地に戻る気がないようだから。

俺もそのつもりで鍛えてるし、そこは問題ない。俺にとって問題なのは、グラディス。

物心ついた頃には、すでに好きだった。

王都に滞在する時には、姉弟のようにいつも一緒に過ごした。グラディスが俺に王都での過ごし方を教えてくれた。逆にグラディスがラングレー領に滞在中の時は、俺が豊かな自然の中での遊び方を教える。

ラングレー領ではそうでもないけど、王都でのグラディスの評判は最悪らしい。母親であるグレイス伯母上の悪評をそのまま引き継ぎ、それどころか更に尾ひれがついた状態だそうだ。

グラディスが我儘《わがまま》？　自分に正直なだけだし、その我儘は迷惑どころか周りに幸せを運ぶことが多い。

攻撃的で意地が悪い？　性根が真《ま》っ直《す》ぐで、嘘《うそ》で取り繕わないだけだ。自分から弱者に仕掛けることなんて絶対にしない。

浪費家？　派手なドレスやアクセサリーだって、全部自分で用意してる。秘密なのが悔しいくらいだ。

気の強さも、その行動力も、好きなことに全力で情熱を傾ける姿も、全部好きだ。

でも、グラディスの良さは、俺だけ知っていればいい。公爵令嬢の元に、本来ひっきりなしに来るはずの縁談が皆無なのは、そのおかげだろうから。

今はまだ弟としか認識されていなくとも、いつかは俺の嫁にするんだ。

そのグラディスが、何故かこんな時期に突然領地にやってくることになった。いつもは俺達が王都に滞在した後、その帰途で一緒にラングレーへの帰省となるのに。

行動は衝動的なのに、ものすごく頭のいいところもあるから、きっと何か特別な目的を持ってのことだろう。


数日後の対面を楽しみに待ちわびながら、日課の訓練に励んでいた。

ここ数日は毎年恒例、ソレク村での実践訓練。若手や見習いだけで魔物に挑み、いつもの主戦力は、可能な限り手を出さない。

去年よりずっと戦えている手ごたえがあった。俺は、強くなっている。いずれは、公爵を名乗っても恥じないだけの実力を手に入れる。そして堂々とグラディスを迎え入れたい。

その訓練の最終予定日、トリスタン伯父上の介入で、戦闘は呆気《あっけ》なく終わってしまった。

釈然としない気分で野営地に戻り、そこに見付けた少女の後ろ姿に鼓動が跳ね上がった。

名前を呼べば、昔から大好きだった従姉《いとこ》が、笑顔で振り返る。

プラチナに輝くふわふわの髪、意志の強い青の瞳《ひとみ》。去年より、もっと美しくなったグラディスが、両手を広げて俺に駆け寄ってくる。

前よりずいぶん大人びて見えて、抱きしめ過ぎないように少し気を遣った。

ああ、やっぱり大好きだ。

ただ、以前とはずいぶん印象が変わっていた。以前のグラディスは興味のないことには一切目がいかなかった。そこはトリスタン伯父上とよく似ていたのに、今のグラディスは、ジュリアス叔父上のように視野の広さを感じる。

ラングレー家のことなんて無関心だったのに、ジュリアス叔父上のためとはいえ、一番の解決策を実行するために戻ってきたという。つまりは母さんとトリスタン伯父上の結婚を押し進めるために。

露天風呂《ろてんぶろ》では、風呂上《ふろあ》がりの姿にドキドキしている俺に、平然と髪を触らせるグラディス。完全に弟としか思われていない上、現実でも本当の弟にするつもりだ。

そして戻った大広間での宴会の席で、グラディスは見事にラングレー家の懸案事項を、集まった一族を丸ごと証人にする形で解決してしまった。

トリスタン伯父上を動かそうなんて、どうせ無駄だと一族の誰《だれ》も考えなかった。あの恥じらう姿を見るまで、母さんが伯父上に心を寄せていたことなんて、誰も気付いてなかった。

気まぐれに戻って来て、その日のうちにあっさり問題を片付けてしまったグラディス。

この行動力と頭脳と能力の上、今の雰囲気は角も取れて、すごく付き合いやすい感じだ。

これは、まずくないか？　ただでさえどんどんきれいになっているのに、更にトゲまで取れてしまったら、グラディスの良さに気付く男が間違いなく現れる。

このままでは、俺のことは気付かれもせずに、他の誰かにさらわれてしまう。

だから遠乗りに連れ出して告白した。

形は弟になっても、諦《あきら》めるつもりはさらさらない。たとえ今は弟でも、名乗りを上げないことには始まらないから。

いくら強く抱きしめても、グラディスの気持ちが俺に向くわけじゃない。

やっぱりいい返事はなかったけど、今はまだ保留で構わない。

俺もいると、認識させただけで十分だ。

時間はまだある。バルフォア学園に入学すれば、三年間は王都の屋敷で一緒に暮らすことになる。

振り向かせるチャンスはまだあるはずだ。

俺達の年齢差は十一か月。入学日時点で成人年齢に達していればいいから、俺はギリギリ、グラディスと同学年。

丸々三年間、家でも学校でも一緒にいられるんだ。グラディスが本気で惚《ほ》れる男が現れるまでは、俺は諦めない。

第七章　結婚式と王城への挨拶《あいさつ》

「叔父《おじ》様！」

「グラディス」

ラングレー城の正面玄関で、到着したばかりの叔父様に抱き付いた。

「君は、本当にやってしまったね。グラディス」

叔父様は私の頭を撫《な》でながら笑った。

今日はお父様とイーニッド叔母《おば》様の結婚式。忙しい叔父様は今日に合わせて馬で駆け付け、式が終わったらまた王都にとんぼ返りする予定。もっとゆっくりできればいいのに。

でもこれからは、領地の仕事を公式にイーニッドお義母《かあ》様にお任せできるから、負担はだいぶ減るよね。叔父様がすごく嬉《うれ》しそうにしてくれてて、私も嬉しい。

領主の結婚は、すぐにラングレー領中に触れが出された。一族一丸となって段取り良過ぎる。よっぽどイーニッドを逃がしたくないんだろうね、みんな。

トリスタンは、やると決めれば行動が早い。直ちに王都へ上り国王への報告も済ませ、あっという間に準備を整えてしまった。あれからたった一か月くらいで、今日という日を迎えることになった。

式はあまり大袈裟《おおげさ》なものではなく、領地の身内だけを集めてささやかにするという。それでも招待客は、百人を超える。プロポーズをしたあの大広間が、今日は結婚式の会場へと様相を変えている。正式なお披露目はまた後で。

私は今日までずっと領地に滞在し続け、日々散歩したり、ピクニックしたり、遠乗りしたりとアウトドア三昧《ざんまい》の休暇気分を満喫してた。新しい弟マックスをお供にして。

もちろん日課のエクササイズとか、ダンスと形《かた》の練習も怠ってないし、持ち込んだ仕事は、きっちり進めてたけどね。

中でも採算度外視で、急ぎの仕事があったわけだ。部屋に引きこもってはコツコツと、なおかつこっそり進めて、昨日《きのう》やっと完成したばかり。作業の音が響くから、ホントに気を遣った。あ〜、肩凝った！

式の直前、家族だけでのささやかな時間を過ごすため、叔父様と一緒に早速居間へと向かった。もちろん密《ひそ》かに完成品を持って。

中にはお父様とイーニッドとマックスがいた。

一通りお祝いの挨拶のやり取りを済ませてから、おもむろに手の平サイズの箱を取り出した。並んで座る二人の前に差し出して開く。

「お父様、お義母様、おめでとうございます。これ、私からの結婚のお祝い」

「まあ、素敵！　ありがとう、グラディス」

イーニッドが驚いて目を見開き、嬉しそうに微笑《ほほえ》んでくれた。トリスタンも興味深そうにのぞき込む。

「君の手作りかい？」

「はい！」

中には二つ並んだお揃《そろ》いのリング。

この国に結婚指輪とかはないけど、夫婦や恋人がお揃いのアクセサリーを身に付ける慣習ならある。私は迷わず指輪を選んだ。

私のは、そんじょそこらの子供の手作りとはわけが違う。持ち込んだ工具で、鍛造から彫金まで一通りやり上げた、彫金師として魂込めた渾身《こんしん》の芸術作品だ。

「アイヴァンのペアリングは、まだこの世界でこれだけよ！」

「ありがとう、グラディス」

トリスタンは早速イーニッドと自分の指にはめてくれた。

「……ますます腕が上がってるな」

イーニッドの傍《そば》に立っていたマノクスが、その職人芸に唖然《あぜん》として呟《つぶや》いた。ふふふ、王都で売ったら結構すごいはずなんだよ、コレ！

家族での一時を終え、私とトリスタンは部屋を出た。ジュリアス叔父様はまだ領地の今後の相談があるとかで、イーニッドの元に残ったから、一足先に二人で花婿側の控室へと向かう。

私の今日のドレスは、いつもと違ってちょっと控え目。シンプルながらも細かい意匠を凝らしたお気に入りのやつ。花嫁より目立たない良識くらいあるからね。ちゃんとこういうこともあろうかと、しっかり持参していたのだ！

一方のトリスタンはさすがに主役だけあって、領主としてのきらびやかな正装。やっぱりビジュアルだけは超かっこいい。何考えてるかさっぱり理解できないし、掴《つか》みどころのないダメ人間だけど。

今更ながらだけど、人間として欠陥の多いこいつが、イーニッドをちゃんと幸せにしてくれるか心配になってきちゃうよ。苦労した教え子だけに、幸せにしてあげてほしい。

「お父様。新しい門出よ。今まで以上に重い責任を持ったんだから、しっかりお義母様を支えてあげてね。自分一人の身じゃないんだからね」

トリスタンの腕を掴んで、念を押す。トリスタンは歩みを止めないまま、私を軽々と持ち上げて、微笑みながら片腕で抱っこした。

「ふふふ。懐かしいね。学園の卒業式の日にも、君に同じ注意を受けた」

さらりと、信じられない発言をする。

「……はあっ！！？」

瞬時には理解できず、一拍置いてから聞き返した。

学園の卒業式⁉　確かに説教したけれども‼

それは、ザカライアとしてだ。学園を巣立つ問題児に、教師として最後の言葉を掛けた。

「な、なんでっ……いつから⁉」

「ん？　何が？」

「だから、私が——って……⁉」

「ああ、君が先生だって？」

「ちょっ⁉」

慌てて周りを見回す。幸い通路には誰《だれ》もいなかった。

「いつから、気付いてたのっ？」

「初めて見た時からだよ」

「はあっ⁉」

ことも無げな返答に、ただただ唖然。

初めて見た時から⁉

出産が終わり、グレイスが死んだのと入れ違いで、トリスタンは駆け付けたらしい。

つまり、生まれた直後の赤ん坊の姿を見て、すぐに気付いたわけか⁉　あり得ない‼　私だって十年かかったのに‼

「な、なんで、分かったの……？」

私の質問に、トリスタンは不思議そうな顔をする。

「なんでって、そりゃ、見れば分かるよ。いくら俺が勉強苦手だったからって、あれだけ世話になった人はさすがに忘れないよ？」

何、その当たり前だろとでも言いたげな感じ⁉　記憶を取り戻す前から、私の魂がザカライアだ

って気付いてて、それで普通に娘として接してたの⁉

「まあ、前のことなんてどうでもいいよ。今は俺の娘なんだからね。こんなダメ父の下に生まれてきてくれてありがとう、グラディス。愛してるよ」

トリスタンは、父親として私の頰《ほお》にキスをした。

ああ、ああ、何というか……突き抜けたバカって、スゴイ！！！

「私も、大好きだよ。お父様」

抱っこされたまま、トリスタンの頰にキスを返した。

私は本当に、周りの人間に恵まれている。幸せ過ぎて、怖くなるくらいに。

この日、ラングレー領主トリスタン・ラングレーと、その義妹だったイーニッド・ラングレーの結婚式は、一族に盛大に祝われて無事終わった。

◆◆◆

一か月以上の滞在を終えて、明日私達はラングレー領を発《た》つ。

また馬車で五日かけての旅程になるけど、今度は家族揃《そろ》っての初めての旅行。行きのような退屈はしないはず。

とは思ってたけど、私以上に堪《こら》え性《しょう》のないトリスタンに、そんなのんきな旅なんてできるわけがない。昨日一足先に、一人で馬に乗って出発しちゃった。ホント気まぐれで勝手な奴《やつ》だ。多分今夜中には、王都の別邸に到着してるだろうね。

というわけで、イーニッドとマックスと三人での旅になるわけだね。

ラングレー城でのお泊まりは今日で最後。そんな私の隣を歩くマックスの手には、ものっすごく懐かしさを覚える品が抱えられている。

はははは！　やっと、届いたぞ！　出発に間に合わないかと思った〜。

その名も、ちゃらららっちゃら〜ん！　キックボ〜〜ド〜〜‼　っだ！

前にちょっと思いついたやつ。こっち来て暇だったから、城下の鍛冶屋《かじや》に発注してたのが、ギリギリ昨日《きのう》の夜に、私の手元に届いたのだ！

部屋でちょっと乗ってみた感じでは、問題なく前に進んだ。

やっぱりここの技術でも、このくらいの物なら私の説明程度でできるんだね。馬車が造れる技術があるんだから、その簡易ミニチュア版みたいなもんなのかな。

合金とか素材的な技術が劣る分の強度は、魔法技術的な何かでカバーされてて、見た目の造りは大分華奢《きゃしゃ》な感じ。棒のてっぺんに自転車みたいなハンドルが付いてて、足元にはスケボーみたいなタイヤ付きの板がある。

早速試してみたくて、朝食後すぐ、城の中庭に持って行った。

「それで何なんだよ、これ」

荷物持ちのマックスが物珍しそうに、自分の手から謎の商品を地面に置いて訊《き》いた。

「ふふふ、これは、こう使うのだ！」

両手でハンドルを握り、ボードに片足を乗せて、反対の足で地面を蹴《け》ってみる。

「……あれえ？」

何度かやってみて、恐ろしいことに気が付きましたよ。

これ、舗装道路でないとまともに進まない！！！

「思ってたのと、なんか違う～！」

ガッカリして、地面に降りる。土がむき出しのデコボコ地面じゃ、一蹴りで三十センチ進むかどうか。しかもガタガタ揺れて乗れたもんじゃない。

この世界に舗装道路なんてない。せいぜいが石畳。これじゃ、全然楽しくないや。

「ちょっと俺にも貸して」

「うん、でも、全然進まないよ」

私の手から渡されたキックボードに、今度はマックスが興味深そうに乗ってみた。

最初の一蹴りで、いきなりのロケットスタート。

「おー、こりゃいいなあ、面白《おもし》れー」

段差なんて何のその、面白いくらい滑らかに中庭いっぱい乗り回してる。ってゆーか、最初の一回しか、地面蹴ってねー!!

「あーっ、魔術！　ズルい!!」

風系の魔術だ。タイヤと地面との接地面に何ミリかわずかな気流を発生させて、滑らせてる。

う～～、悔しい～！　私には絶対できない乗り方じゃん!!

快調に飛ばして戻ってきたマックスを、八つ当たり気味に睨《にら》む。

「も〜、つまんない！」

「後ろ乗ってみるか？」

「っ⁉　うん！」

そうか、その手があった！　さすがに気が回るぞマックス‼

「しっかり掴まれよ」

「うん」

ボードの後ろ側に両足を乗せ、マックスの腰にぎゅっとしがみついた。

「いいよ」

「行くぞ」

私を後ろに乗せて、今度は安全運転で飛び出した。

おおっ、これはなかなか楽しい！　馬車とも乗馬とも違って、上下の揺れが少なくてなめらか！

自転車の後ろに乗った感じかも。

「ねえ、これって、誰でも乗りこなせそう？」

マックスにしがみつきながら訊いてみる。

「そうだな。二人乗りはコツがいるかもな。一人だったら、ちょっと練習すりゃ、生活魔術程度の魔力で行けると思うぜ。まあ、スピードと持久力考えると、実用遣いはそれなりの魔力がいるだろうけど、遊具なら十分だろ」

「どっちにしても、私ダメじゃん！」

くっそ～！　自分だけ乗れないもん造ってどうすんの!?　そしてなんでお前は練習なしでいきなり乗りこなしてんだよ！

しょうがない！　悔しいけど、これは可愛《かわい》い弟に進呈しようか。

一通り遊んでから、自分で使うのを諦《あきら》めて城に戻った。

癪《しゃく》に障ったから鬱憤《うっぷん》晴《ば》らしにツルツルの城の通路を爆走したら、大人達にすごく怒られた。

スンマセ～ン。

そうして翌日、私達は王都へ向けて、ラングレー領を後にした。

ちなみにこのキックボードには後日談がある。王都に戻ってからも、別邸の敷地内で、たまにマックスと遊んだりしてた。それを見た出入りの商人が、叔父《おじ》様を通して商売の話を持ち掛けてきたから、全部叔父様にお任せしといた。

そして忘れた頃《ころ》に、王都で空前のブームを巻き起こし、私のへそくりを激増させることになる。

◆◆◆

私は今、なんと懐かしの王城にいる！

なんか一周目の時のイメージと違って、ここって王様へのハードルが低いよな～。それなりの貴族なら、割と気軽に会える感じ。やっぱ体育会系だから、チームワークとかコミュニケーション重視なんだな。気まぐれエースに振り回される人情監督みたい。

で、今日は一家揃って、結婚の報告。

エリアスとアレクシスは、立派に王様王妃様やってて、元先生としても嬉《うれ》しい限り。エリアスが尻《しり》に敷かれてるようで、気の強いアレクシスを大らかに受け止めてて、本当にいい夫婦。まあ、相性がいいのは学生の頃から分かってたけどね。年は重ねても、全然変わってなくてほっとした。

アイザックが仕事のため同席していなかったのは、寂しいような安堵《あんど》したような。ちょっと複雑。

挨拶《あいさつ》は問題なく終わったんだけど、なんか話の流れで、マックスが王城での訓練に参加させてもらえることになった。

この後キアランと、アレクシスの甥姪《おいめい》のエインズワース家年少組で、戦闘訓練があるんだって。従兄弟同士でしょっちゅうそういう機会を作って、切磋琢磨《せっさたくま》してるらしい。

マックスが興味を示したら、アレクシスが気軽に誘ってくれた。そりゃ、ラングレー家次期公爵ともなれば、不足はないよね。っていうか、こいつすでにかなり強いから、同世代には相当の発奮材料になるね、確実に。

スケジュールが詰まってるトリスタンとイーニッドは先に帰って、私は付き添いの見学。

マックスが借り物の訓練着と剣で準備を整えて、一緒に訓練場に付いていった。

昔コーネリアスとアイザックの剣の稽古《けいこ》を、よく冷やかしに行った場所だ。細かいところはずいぶんと変わってる。

けれどそこに、昔と同じ真《ま》っ赤《か》な髪の少年を見付けた。

「キアラン！」

「ああ、グラディス。久しぶりだな」

キアランも気軽に手を振って応《こた》えた。

魔物事件とか、魔法陣生贄《いけにえ》殺人事件のことで、ノアも含めて手紙で情報のやり取りはたまにしてたけど、会うのはあれ以来だ。

すでに話は通ってるらしい。周りにいる数人の少年少女も、予定外のゲストにやる気満々。

その中には、前に会ったソニアと従兄の少年達もいた。

「あら、あなた達もお久しぶり。あれから色々と順調かしら？」

私に意味ありげに微笑《ほほえ》まれて、少年達はうっと言葉に詰まる。なんか、苦手意識持たれてないか？　相変わらず失敬な奴らだ。

「お久しぶりです。あの時は、失礼を」

ソニアが、少し恥ずかしそうに答えた。凛《りん》とした感じの戦う美少女なのに、何とも初々しい。

「まあ、前よりもっと可愛くなって！　モテちゃって大変でしょう⁉」

「い、いえ、私なんて、そんな……」

困るソニアの後ろで、少年達がなんとも嫌そうな顔をしている。

「ソニア、準備運動がまだだぞ」

「はい、では、また……」

理由を付けて、ソニアを連れてさっさと退散していった。

「見学してるから、頑張ってね～」

手を振って見送る私に、大方を理解したキアランが呆《あき》れた表情をする。

「何をやってるんだ、お前は」

はい、もちろんからかって遊んでました。

「あ、こっち私の新しい弟のマクシミリアン。強いからね！」

マックスの腕を引っ張って、紹介した。

「グラディスの従弟のマクシミリアンだ。よろしく、キアラン王子」

マックスの奴《やつ》、言い換えやがった。そしてすでに対抗心むき出しか。未来の国王《監督》VS公爵《エース》とか。おお、ちょっとしたドラマだな。

「ああ、キアランでいい。よろしく頼む。手加減はいらないぞ」

キアランは気負いもなく応じ、連れ立って歩いて行った。

私は一人残り、柵《さく》の外の木陰で見学。

入念な準備運動の後で、早速実戦形式の対戦が始まる。一対一だったり、集団戦だったり、個対多だったり、バリエーション様々。

武器はもちろん、それぞれの得意魔術も入り乱れて、けっこう……いや、大分激しい。

いいなあ。前世のザカライアの時も思ったけど、魔法、使ってみたかった。あんな風にぶっ放せたら気持ちいいだろうなあ。

意外にもソニアは、魔術に関しては一番強いみたい。フィジカルの弱さが見事に補えてる。

でも一番強いのは、やっぱりマックス。まあ、当然だよね。領地で日々魔物相手に、ガンガン実戦積んでるわけだし。しかも師匠は最強のトリスタン。あの中では年下なのに、エインズワースの子達より、明らかに抜きん出てる。

逆に、キアランもある意味すごいね。実力が一番劣るのは仕方ない。というより当然。唯一の王都住まいの王子様だもん。なのに、なんであの中に混ざれるの、って話だよ。子供とは言ってもあいつらみんな、ほぼ騎士予備軍みたいなもんだからね？

ひとえにキアランの視野の広さ、バランスの良さのおかげなんだろうね。

本当に状況をよく見てる。その時その時で、最善の行動をする。エリアス似の堅実さで、防御とかフォローでずば抜けた力を発揮して、マックスでも攻めきれないんだ。優秀な指揮官《監督》になれるね。

「やあ、君は見学かい？」

観戦に興じる私に、後ろから声がかかる。

「ノア！」

私の隣に、ノアが並んだ。

「ノアは、訓練はしないの？」

「冗談でしょ。あれに混ざったら死んじゃうよ」

「だね～」

二人で生ぬるい視線を交わし合う。

「じゃ、何しに？」

「この後、キアランとお勉強会だよ。ちょっと様子を見に来ただけ」

「うわ～、王子様って、大変だ」

「だね～」

肉体労働の後のお勉強会とか。あり得ないわ～。

っていうか、代替わりしても、あんた達の血筋は一緒に勉強してんのね。私達も子供の頃は、コーネリアス、アイザック、私の三人で何をやるにも一緒だったなあ。アイザックの方針かな？

「それで、例の件は相変わらず？」

せっかく直接会ったのだから、事件についての新情報がないか訊《き》いてみた。

私達はまだ、真相の解明を諦めたわけではないからね。


例の殺人事件について続報を促す私に、ノアは難しい顔で頷《うなず》いた。

「厳しいね。公式な捜査も打ち切られちゃったし。でも、君は次があると思ってるんだよね？」

「思ってるね」

「だとしたら、可能性として一番高いのは、翌年の同じ日ってことだよね」

「うん。そう思う」

私達の意見が一致したのには、理由がある。

前回、女の子を生贄にした魔法陣の儀式が行われたのは、夏至の日だった。そういう特別な日に行われた儀式なら、その日自体に意味がある。冬至にも警戒はしたけど、何も起こらなかった。

だから、可能性としては次の夏至が怪しい。

「だから後は、場所の予測だ。ああいう緻密《ちみつ》な魔法陣には、場所の設定にも決めごとが多いはず」

確かにそれが分かれば、事前に防ぐことも、犯人を捕まえることもできるかもしれないけど。

「まだ一回じゃ、法則性が掴《つか》めないでしょ。それより設置場所の特殊性も調べたら？　あの場所で過去に何か特別なことがなかったかとか、歴史を探るのもアリかも」

今できることを提案してみる。ノアは素直に頷いた。

「調べてみる」

「後、現場は今どうなってるの？」

「魔法陣は、結局すっかり撤去されちゃったよ」

「場所の、残留瘴気《しょうき》は調べた？」

「どういう意味？」

「あの日に見えるくらい黒い瘴気、覚えてるでしょ？　何もない場所で、あの儀式一回でいきなりああなる？　最初から、そういう歪《ゆが》みとか、下地のある場所だったんじゃないかな？　もし、魔法陣が撤去されてる現時点でも、瘴気の漏れが続いてるなら、あれはある意味『風穴』を空けるための儀式だったのかもよ？」

「『風穴』？」

「どこに続いてるのかは分からないけどね。そういう、瘴気を呼び出しやすいとか、『穴』を空けやすい、不安定な場所」

「なるほど。現時点では、歴史も含めてあの場所との共通点を探るくらいしか、次の地点を予測する手はないか」

二人で色々と意見を出し合って、今後の方針を少しずつ決めて行った。こういう話し合いは、百のアイデア中一つでも使えればいいからね。意見だけはどんどん出す。

「やっぱり手紙のやり取りよりはかどるね。何か新しいことがあったら、これからは会いに行っていい？」

「いいよ」

一通り終わってからのノアの提案に、気軽に頷く。こっちの方が確かに手っ取り早かった。話し合いに結構夢中になってたみたいだね。訓練、ちょうど今終わっちゃったとこだ。もうちょっと見てたかったのに。

「じゃあ、僕行くよ」

「うん、またね」

そうそう、君、勉強会に来てたんだったね。キアランより遅れちゃ駄目だよね。

ノアが去ったところで、疲れ果てつつも充実した少年少女達が戻ってきた。

「お疲れ様」

「おう、さっきの誰《だれ》？」

戻ってきたマックスが開口一番に訊いてくる。訓練しつつも気にしてたわけか。集中が足らんぞ！

「友達のノア・クレイトン。キアランとの勉強会に来たんだって」

「ああ、宰相の孫の……まったく、王城は油断できねえな」

ぶつぶつとぼやく背中を、力いっぱい叩《たた》く。

「くだらないこと言ってないで、あっち手伝ってきなよ。ほとんどあんたの責任でしょ」

エインズワース家のご一行を指差した。ほぼ全員医務室送りだよ。何かしらの怪我《けが》してる。

こっちの世界は治癒魔術とかポーションとか都合のいいものがあるから、訓練がすごく過激なんだよねえ。普通に骨折するレベルでやっちゃう。

練習も試合も、常にフルコンタクトでガチバトルするようなもんだよ、恐ろしい。だからこそシャレにならないレベルで戦闘勘とかも磨かれるわけだけど。

そしてマックスは当然のように無傷。

「ああ、じゃあ、ちょっと行ってくるわ」

マックスは素直に手を貸しに行った。この訓練でずいぶん仲良くなったらしい。

「観戦はどうだった？」

同じく無傷のキアランが、私のとこに来た。おお、さすが気遣いの王子様。マックスが戻るまで、付き合ってくれるらしい。

「面白かった。私も混ざればなあ、ってちょっと羨《うらや》ましかったかな」

正直な感想を返す。

私には魔力も、特別な情熱もないから、あくまでもただの憧《あこが》れだけど。アスリート時代の血が騒ぐのは否めない。

「キアランはすごいね。あのメンツに引けを取らないなんて」

「まだまだだ。自由に動けるうちに、もっと強くなりたいんだ。少なくとも母上ぐらいにはね」

「ふふふ。大変な目標だね。実戦から遠ざかってても、王妃様は強いでしょ」

「そうだな」

笑ったキアランは、そこで何かに気付いて、私の横を指差した。

「ああ、そこ、いるぞ」

「っ！！！？」

瞬時に意図を理解。

いやあああああああっ！！！

悲鳴を上げる余裕すらもなく、キアランにしがみついた。

「そんなに、苦手なのか？」

キアランが苦笑しながら、私の背中に手を回して移動させてくれる。そう、例の『物体X』——奴《やつ》がいたのだ！

「な、なんで、分かったの？」

もう視線を向けるのも嫌だ。気配だけで安全距離を確信してから、問い掛ける。

「木陰を不自然に移動してたから。この季節は多いからな」

「え⁉　不自然だった⁉」

素で驚く。もう、普段から無意識で避けてるものだから、自分でも気付いてなかった。

本当に、なんで毛虫だけこんなにキライなんだろう。芋虫は平気なのに。突き抜ける嫌悪感でとにかく頭の中が真っ白になって、何もできなくなる。正直イヤになる。

「虫全般苦手な女性は珍しくないし、気にすることはないだろう？」

へこみ掛けた私をフォローするキアランの言葉に、思わず目から鱗《うろこ》が落ちた。

おおっ、言われてみれば確かにそうですよ‼

ザカライア時代は弱味を見せたくなくて隠す方向で通したけど、今の私は生粋の都会のご令嬢！

むしろ毛虫なんて苦手で当然じゃありませんこと⁉　おほほほほ！

まあ、他の虫は全然平気なんだけど。

目の前がぱあっと開けた気分になった私に、キアランは驚愕《きょうがく》の一言を続けた。

「確か建国時の初代大預言者ガラテア様も、生物の中で毛虫だけは駄目だったそうだ」

「……」

――はああああああぁっっっっっっ！！！？

◆◆◆

「ちょ、ちょっと待って。そんな話、どんな本でも読んだ憶《おぼ》えないよっ⁉」

六百年前の初代大預言者も、毛虫がダメだった⁉

いやいやいや、そんなの初耳だよ⁉

内心の動揺を隠せないまま、胸倉を掴む勢いで訊き返す。

前世も含めて、私の歴史書読書量は尋常じゃない。

初代国王ハイドやその他の賢臣とともに、国を作り支えた大預言者ガラテア。

国家の草創期なんて、特に美味《おい》しいイベントやエピソードが目白押し。その辺りは、史書でも物語でもジャンル問わずで王城中の書物を読破してる。

そのどの文献にも、そんな記述は見たことがない。見てれば絶対覚えてるはずの内容だもん！

「既刊の本にはないかもな」

慌てる私は相当不審なはず。だけどキアランは、追及せずに答えてくれた。

「俺が読んだのは、王家所有の古文書だ。建国時の先祖の日記にあった。ガラテア様が、巨大な毛虫のような魔物に襲撃されたと。間一髪でことなきを得たのはいいが、胴体を一刀両断された魔物の切断面から、体液、臓物、内容物が津波のように」

「いやああああああああっ！！！！」

説明を遮る。もう無理、限界！！！　想像力が私を殺す！！！　そんな目に遭ったら、本当に死ねる‼

もう、足がガクガクです！！！

「あ、ああ、すまない」

取り乱して膝から崩れ落ちそうな私を、キアランが慌てて抱えるように支えてくれた。

「気分のいい話ではなかったな。――まあ、そういうわけで、それ以後同様のものがトラウマになった、という内容だったが……」

核心を避けつつ、律儀に最後まで説明してくれた。

なるほど、確かに王族関係の日記の内容なら、そのエピソードが知られていなかった理由も分かる。まして物体Xまみれなんて、ガラテアの外聞にも関わる話だし、気軽に吹聴《ふいちょう》できなかったのかも。

でも、それどころじゃない。

ちょ、ちょっと、待って……。

今、私の中で、恐ろしい一つの仮説が……。

いや、待て待て待てっ！　これ、ダメなやつだ。これ以上掘り下げたら……。

――マズイ……‼

メンタルだ、メンタル‼　これ以上考えるな！！！　これ以上は、足元が崩れ落ちる！！！

いつもの自分を保つんだっ、私にはできる！！！

頭の中のマイナスイメージは、全部追い払え！！！

「……え？」

悪い空想に頭を支配されかけた私の背中が、いつの間にか優しくトントンと叩かれていた。

「グラディス、落ち着け。大丈夫だ」

キアランが、赤ちゃんをあやすように私を包み込んでなだめていた。

ちょっ、王子様が子守っ？

ああそういえば、たくさんいるエインズワース家の小さい従兄弟達の面倒も、向こうの本家に行ったらちゃんと見てるらしい。目の行き届くしっかり者だから、いい子守だろうな……って……。

「あ、あれ……？」

気付いた時には、素《す》っ頓狂《とんきょう》な方向に思考が飛んでいた。

気持ちが切り替わってる。

「は、はは、は……」

体から力が抜けた。

は～、危なかった。もうちょっとでシリアス面に堕《お》ちるとこだったよ。私がシリアス入ったら、シャレにならないでしょーよ。

気楽に適当に刹那《せつな》的に。

それでいい。いい加減がいい。

この世界での、私の唯一絶対の処世術。それでしか、きっと生きていけない。

深く考えたらダメなんだ。永遠に失ったものや、二度と帰れない元の世界のことなんて。

思考放棄するしかできない。だって考えたって、どうにもならない。命がある限り、ここで生きていくしかない。

得意のメンタルコントロールで、ポジティブに、楽しいことだけを見て、今を面白おかしく生きられればいい。

だから私は、生きている間は今だけを楽しむ。人生はそれでちゃんと、死ぬまでは続くから。

本当は、後のことも先のこともどうだっていい。前向きな自暴自棄で、いいじゃないか。それで二周目は乗り切れたのだから。

一息ついて、キアランから少し体を離した。紫色の瞳《ひとみ》が、心配そうにのぞき込んでいる。

「ありがとう、もう大丈夫。落ち着いたから……」

キアランは、私が自分を取り戻すまで、ずっと静かに支えながら待っていてくれた。

「悪かった。そんなにショックを受けるとは思わなかった」

「キアランは、気を遣い過ぎ。私が訊《き》いたんだよ？」

私の方が謝らなきゃいけないくらいなのに。

「……グラディス、お前……」

「グラディス⁉」

何か口を開きかけたキアランの言葉を、後ろからの叫び声が掻《か》き消《け》した。

戻ってきたマックスだ。

「どうしたんだ⁉」

今にもキアランに詰め寄りそうな顔で驚いてる。

顔面蒼白《そうはく》で王子様にしがみついてたら、そりゃ心配させちゃうね。そして何か誤解もしているね。

とりあえず睨《にら》むのをやめなさい。

まだ本調子とは言えないけど、なんとか笑顔を返す。

「大丈夫。ちょっと、毛虫……」

「あ、ああ……」

それで理解してくれた。キアランから離れた私の腕を支えてくれる。

「本当に大丈夫か？　顔色が悪いぞ。早く行こう」

「うん。……じゃあ、キアラン。ありがとう。またね」

「……ああ。また」

軽く別れを告げて、マックスとその場を後にした。

キアランが言葉の続きを言わなかったことに、少しほっとしていた。

◆◆◆

「マックス、もう、大丈夫だから」

更衣室の前で、マックスの手を放す。

「ああ、もう顔色は戻ったな。じゃあ、すぐ着替えてくるから、ここで待ってろよ？」

「うん」

更衣室に入るマックスを見送って、通路のベンチに腰を下ろした。まったくマックスの心配性にも困ったもんだね。

まあ、心配させた私のせいなんだけど、気分はすっかりよくなったから、もういつも通り。

この待ち時間だって、実はすでにウキウキしてる。

これから、マダム・サロメに寄る予定だからね。

二週間後に迫った、ハーヴィー賞の授賞式に着ていくドレスを受け取りに行くのだ！

ラングレーから戻ったその足で、即座に持ち込んだデザイン。今日、出来上がり予定！

体形が女の子らしくなってきたこともあって、ちょっと大人っぽいラインにチャレンジしてるんだ。

ああ、早く試着したい。楽しみだなあ‼

ワクワクする私の前の扉が開いた。女子更衣室から、ソニアが出てくる。彼女も怪我《けが》は軽めだったから、一足先に治療を終えて着替えてたみたい。

「こちら、どうぞ？」

「ありがとう」

彼女も従兄待ち。私の隣に座る。間近で見たソニアの目は、きれいな緑色だった。

おお、黒髪にグリーンアイズ。ザカライアとお揃《そろ》いだね。実は前世の私も、黒髪に緑の瞳の迫力系美人（自称）だった。神秘的なビジュアルの大預言者様（自称）だ。

「あなた、すごく強いのね。あの中に混ざっても、全然負けてなかった」

私の感想に、ソニアははにかんだように微笑《ほほえ》む。

「強い女性騎士が、私の夢だから」

おお、モテモテを褒められた時とは、反応が全然違う！　ソニアの自負がはっきり見えるね。

それから、アッと気が付いたように私を見た。

「私、自己紹介がまだでしたね。ソニア・エインズワースです。よろしく」

「よろしく、ソニア。私のことはグラディスと呼んで。同じくらいの年かしら？」

「ええ、グラディス。私も十一歳よ」

え、なんで知ってるの？　と思う私に、ソニアはくすりと答える。

「あなたは有名人だもの。ずっと前から知っていたわ」

そういえば、前にノアにも似たようなこと言われたな。どういう意味で有名なのかが気になるとこだけど、まあどうせ悪評だろう。

なのにソニアの目には、はっきりと憧《あこが》れの色があった。

「今日のドレスもとても素敵。——でも、私は……」

私を褒めた後で、溜《た》め息《いき》をつく。

「どうしたの？」

「あなたも再来週のハーヴィー賞の授賞式には行くんでしょう？　お身内が受賞者ですものね」

「ええ」

「エインズワース家からは、私達家族が出席するんだけど、うちの一族はファッションに無関心だから……」

ああ〜……。なるほど。たしかにあの一族は男だらけの超ゴリゴリ脳筋体育会系。ドレスなんて着れりゃ一緒だろ、って感じだろうなあ。目に浮かぶわ。思春期目前の女の子としては、色々思うところもあるよねえ。

「授賞式に着て行くドレス、気に入らないのね？」

「――それは私の我儘《わがまま》だから……。そんな暇があったら、訓練に励まなきゃ……」

少し沈みがちに、自分に言い聞かせるように呟《つぶや》く。

まあ、十一歳の女の子が一人で一族の方針に逆らうのは、並大抵のことじゃないよねえ。というか、無理か？　あそこは家長が最強な家風だし。あれ？　うちのトリスタン、一族に大分蔑《ないがし》ろにされてね？

まあ、子供としては、私みたいに好き勝手できる方が珍しいんだよね、多分。

でも、イマイチなドレスでパーティーとか、超テンション下がるよなあ。一周目の私と違ってこんなに可愛《かわい》いのに、戦闘オンリーってのももったいない。

あの頃《ころ》の私とちょっと似てるかもね。可愛く着飾るということは、とてつもなく高いハードルだと思ってた。私なんかにはとても無理だ、バカにされて笑われるだけだと。

好きに打ち込めるようになった今思うのは、なんでもっと早くやらなかったのだろう、ってこと。自分の気持ち一つの問題だったのに。人の目なんか気にしないで、自由に、好きなようにやればよかった。

「ソニアは、欲しいものは一つしか手に入らないと思ってる？」

私の質問に、ソニアは首を傾《かし》げる。何を当たり前のことを、とでも思ってるね。

「あなたの目標とするゴールは、強い騎士ね？　で、それだけで終わり？　欲しいもの全部選び取るのが難しいことは多いよ？　だけど、訓練とオシャレは、両立できること。強くなるために諦《あきら》めなければならないほど大層なものじゃないよ？　両方やればいいでしょ？　たるんでるとか不謹慎だとか言う頭の固い男どもの押し付けなんて、気にする必要ない。女の子だもん。ほら、ロクサンナ公爵みたいな人もいるし。あの人、強いけど着飾ることにも目がないよ」

「え？」

私の言葉は、随分思いがけない考え方だったみたい。驚いて訊き返す少女に、畳み込む。なんか、堕落に誘うヘビみたいだな、私。

さあ、一緒にオシャレ道に堕《お》ちようじゃないか！

「可愛くしたいなら、していいの。ふふ。鬼神の強さを誇る美しき女騎士なんて、最高じゃない。まるで物語のヒロインみたい。あなたの才能と努力なら、それは可能だよ？」

私の一言一言に、ソニアの緑の目が見開かれた。

「ただ強いだけの女騎士か。強くて美しい女騎士か。選ぶのはあなた。全部あなたの意志一つのこと。ソニアは、どっちを選ぶの？」

おっと。女友達へのアドバイスのつもりが、ちょっと預言者入っちゃったかな。まあいいや、十一歳なら分かんないだろう。

一族の目を気にせず好きにする勇気がないならしょうがないけど、もしその気概があるなら手伝ってあげよう。

「わ、私、あなたみたいになりたい！」

勇気を振り絞るような叫び。燻《くすぶ》ってたモヤモヤが、晴れたみたい。

「うん。じゃ、この後ヒマ？　一緒にマダム・サロメ行こう」

「え⁉」

「この後ドレスを取りに行く予定なの。コネがあるから、授賞式までにあなたのドレスも用意できるよ？」

ソニアの顔が輝いた。

王都の女性の憧れブランド。最近では一流になり過ぎて、オシャレ最前線に立ってない女性には、なかなかハードルが高いらしい。一緒に行ってあげたら心強いだろうね。新たにティーンズブランドも欲しいとこだな。

「予定は大丈夫？」

「ええ！　この後は兄様達との食事だけだから！」

おっと、兄様達に恨まれそうだ。まあ、気にしないけどね！

ちょうど話がまとまったところで、更衣室から男どもがわやがやと出てきた。

「あ、マックス！　予定変更したから。マダム・サロメには、ソニアと行くね！　あんた達先に帰っていいよ」

「「「え⁉」」」

少年の声が見事にハモった。不満そうな顔で口を開きかける最年長に、圧力を込めた笑顔を向ける。

「まあ、まさかエインズワース家の殿方には、女子会に参加する趣味でもあるのかしら？　お望みなら素敵なドレスを選んでさしあげましょうか？」

「うっ！」

言葉に詰まった少年の肩を、マックスが諦め混じりの顔でポンと叩《たた》く。

「諦めろ。勝てないから」

そうそう。戦略的撤退も作戦の一つです。

そして初めて女の子の友達ができました。

◆◆◆

通い慣れたマダム・サロメ本店の正面入口に、ソニアを連れて入る。

「わあああ……」

ソニアがきょろきょろと店内を見回した。店内に展示された数々の衣装や小物。王都の最新ファッションがここで分かる。

普段は落ち着いた感じなのに、年齢相応に緊張してる様子が、とても可愛い。そうだよね。女の子の夢と憧れが詰まってるでしょ。

「グラディス様、ようこそ。お品がちょうどご用意できていますよ。ご試着されますか？」

ある意味同僚でもあるスタッフ一同が、一斉に迎え入れてくれた。私の常連っぷりにソニアが目を丸くした。もちろん店のトップから見習いまで顔見知り。

「ありがとう。それは後で。今日はちょっと別の用事があるの。サロメ、いる？」

「はい、作業場に」

「そう。じゃあ、私もしばらくこもるから、後よろしく」

「畏《かしこ》まりました」

勝手知ったるスポンサー。店内を通り過ぎてスタッフルームの扉を抜ける。

ソニアが戸惑っている。そりゃそうだ。明らかに客の領分を超えてる。

「グ、グラディス？」

「もともとここは、私が資金提供していたの。独立する時、お店の立ち上げから関わってるわ」

「ええ⁉　で、でも、え⁉　何年前っ？」

「五歳の時からだから、六年前ね」

「……」

ぽかんとするソニア。そりゃ、魔物狩りに参加する五歳児の貴族子弟は山ほどいても、企業経営にゼロから手を出すとかまず聞かないよね。記憶覚醒《かくせい》以前の知識なし時代のことだから、純粋に私のファッションに対する情熱の賜物《たまもの》だね。サロメと出会ったことも大きいけど。

「奥に作業場があるの。周りの物は触らないでね」

「え、ええ……」

わけも分からず頷《うなず》くソニアを連れて、広い作業場に入った。

「サロメ～」

作業用ボディーの前で立体裁断をしてる美女《おっさん》に声を掛ける。

「あら、グラディスちゃ～ん。ドレスの仕上がりはどうだった？」

「それは後でのお楽しみに取ってあるの。その前に別のお楽しみがあってね」

「あら、今度はどんな楽しいことがあるのかしら？」

いたずらめいた瞳《ひとみ》を、私の後ろのソニアに向ける。

「可愛い子ね。お友達？」

「ええ、彼女のドレスを大急ぎで仕立ててほしいの」

「納期は？」

「十日！」

「あらあら大変ねえ。でも何とかしてあげましょう」

「ふふふ。ありがとう」

サロメは早速スタッフに指示を出し、ソニアの採寸をさせる。

その横で、私とサロメは内容の打ち合わせ。

「二週間後のハーヴィー賞の授賞式に着ていくの。今製作中の私のドレスの中から、サイズを仕立て直したら間に合うでしょ？」

「ああ、そうね。それなら十分うちの名に恥じないものがお渡しできるわ」

二人そろって、作業場の一角へと向かう。そこには私専用のスペースが設けてあって、常時十体を超える私サイズのトルソーが、作りかけの衣装を纏《まと》っている。

「ああ、ほら、これ！　絶対ソニアに似合うと思うの」

その中から、一着のドレスを選ぶ。チュールレースを重ねたスレンダーラインで、デコルテを広めに出した可憐《かれん》かつちょいセクシーな薄いブルーのドレス。

今現在、この程度の露出は、王都では最新ファッションとして受け入れられてる。私達の数年来の努力の結果だ！　次は肩を、その次は二の腕、そしていずれは背中丸出しにまで持ってってやるのが目標。

私はまだ若過ぎてそっちのジャンルでの広告塔になれないから、ロクサンナ公爵に大活躍してもらわねば！　すでに私の中では勝手に、ロクサンナがお色気担当の宣伝要員として組み込まれているのだ。

「いいわね。長身で細身だし、あの子の雰囲気に合うわ」

採寸が終わったソニアを呼び、デザイン画を見せて確認してみた。

「これ、どう？」

見た瞬間に、ソニアの目が輝いた。よし、よさそうだ。

「……素敵。だけど、大胆過ぎて、私に着こなせるかしら……？」

「私達は、似合わないものは絶対に勧めないよ」

不安を吹き飛ばすべく、絶対の自信を持って断言する。着たことのないジャンルの服は、気後れしちゃうからね。まあ、無理強いはしない。答えも分かってるしね。

「私、着てみたい」

「よし、決まり！　じゃあ、最終デザインを詰めちゃうから、ちょっと待ってて」

サロメと二人で、ソニア用のデザインに改編する話し合い。クールな天使系の私と違って、ソニアは凛々《りり》しくも初々しい雰囲気。きっちりそれに合わせて仕上げてあげないとね。

「そうするとここはどうなるのかしら？」

「え〜と〜」

本棚の一角を丸ごと埋めるデザイン帳の中から、目当てのナンバーを取り出してめくる。どこにどのデザイン画が入ってるかは全部記憶してる。

「このパターンで行こう。表面は凛《りん》として気高く、内面はナイーブで純真。ソニアのイメージにぴったり」

「なるほど。さすがグラディスちゃん」

三十分くらいで固まったイメージを手早くデザイン画に起こして、依頼人の確認を取る。ソニアはデザインよりも、私を見て驚いていた。

「グラディス、デザインもできるの？」

「あら、グラディスちゃんは、うちの専属デザイナーなのよ？」

「ええっ⁉」

私より先に答えたサロメは、ソニアの反応を満足そうに眺めてから、私にいたずらっぽく微笑《ほほえ》む。

「隠すつもりもないから連れてきたんでしょ？」

「まあねえ」

ソニアが秘密を守れる子なのは分かってるからね。同い年の親友、欲しい。

「その棚のデザイン帳は、全部グラディスちゃんが描いたのよ？　ここ四～五年の王都の最先端の流行は、ほとんどグラディスちゃんが生み出してるんだから！」

「どうしてサロメが自慢してるの」

「自慢したかったのよ～お。だって、誰も知らないなんて、もったいないじゃない。あなたはこんなにすごいのに！」

三十近く年上の親友が、もどかしそうに答えた。ああ、彼女なりに全力アシストしてくれてるのだな。私にとっては、初めての女の子の友達だから。その気持ちがありがたい。

デザイン画と私を見比べながら、ソニアがキラキラと瞳を輝かせていた。

「グラディス。こんなに、素敵なドレスを考えてくれて、ありがとう」

声を詰まらせながら、お礼を言われる。その顔が見られただけでも、デザイナー冥利《みょうり》に尽きる……ってのは、建前だね。友達になりたくて動いた結果だから、ただのグラディスとして嬉《うれ》しい。

「どういたしまして」

初めてできた女の子の友達は、その日のうちに親友になりました。

閑話六　ソニア・エインズワース（親友）

私は、グラディス・ラングレーという人が好きじゃなかった。

噂《うわさ》でしか知らないけれど、とても好きになれるタイプじゃないもの。

武の最高峰、責任ある公爵家の一人娘でありながら、鍛錬には見向きもせず、贅沢三昧《ぜいたくざんまい》だなんて。

私は今日も血を吐く思いで修練に臨み、実戦の狩りに出る。最近は、私一人の力でも魔物を倒せるようになってきて、手応《てごた》えを感じている。努力は、確実に私を強くしてくれる。

おじい様、おじ様達、お兄様達はとても厳しいけれど、結果が出るなら付いていかない理由がない。

女性騎士だったアレクシス叔母《おば》様は、第一線を退いて王妃としての務めを果たしているけれど、私は将来騎士と結婚して、夫とともに戦っていけるようになりたい。

貴族には義務がある。戦えないならば、それ以外の方法で領民を支える方法はいくらだってあるわ。なのに義務を果たさず、権利だけ行使する人を、私は軽蔑《けいべつ》する。

ただ、会ったこともない女の子をこんなに意識してしまうのは、きっと羨《うらや》んでもいるからだわ。

明日に迫ったお茶会に着ていくドレスを見ると、溜《た》め息《いき》しか出ない。

お母様が私に用意してくれたドレスは、好みとは違うし、あまり私に似合うとは思えない。背の高い私には、可愛《かわい》らし過ぎるわ。

本当は自分で選んでみたいけれど、「あなたは訓練に専念していていいのよ。それ以外はお母様が全部引き受けるわ」と、献身的に支えてくれるお母様に、何か言えるはずもない。

だから、高級ブランドで、好きなファッションを思いのままに楽しんでいるというグラディス嬢に対しては、余計不愉快な感情を持ってしまうのかもしれない。

自分は自分で頑張ればいいだけなのに、人を妬《ねた》んでしまうなんて、まだまだ心が弱い証《あかし》だわ。

こんな風だから、いつもお兄様方にも、厳しく叱責されてしまうのよ。

お茶会の当日も、やっぱり自己嫌悪に陥ってしまうことが起こった。

数人の令嬢が、一人の女の子に意地悪をする相談をしている。関わるのが嫌で、思わず距離を空けてしまった。そのくせ気になって離れ過ぎることもできず、中途半端な距離を保つだけ。

彼女達は集団で、歩いてきた女の子に絡みだした。

私は目を奪われた。完璧《かんぺき》な人形みたいにきれいな子。そして誰《だれ》より目を引くその装い。

昼間のお茶会で、それも、王子のキアランと知り合う機会のこの席で、黒のドレスだわ！

キラキラ光る白金の髪にとてもよく映えてる。それにピンクのリボンやフリルの装飾で、インパクトのある黒地が、逆に可愛らしく見えるほどだわ。

その子は、場の空気が変わるくらいの注目を浴びている。とても素敵だけど、あんなに目立つから、目を付けられてしまったのかしら？

ああ、数人で注意を引き付けて、後ろでドレスの裾《すそ》にお茶をこぼしている⁉

止めに行きたいのに、怖くて動けない。どうしてこんなに心が弱いの！

魔物相手なら立ち向かえるのに、女の子同士の諍《いさか》いに飛び込んでいく勇気がない。

私が自分の無力さに落ち込みながら遠目に見つめる中、あの子は怯《ひる》むどころか、取り囲む集団を歯牙《しが》にも掛けなかった。意地悪されていることにすら気付かないまま、無自覚に撃退してしまったわ！

ああ、こっちに来る！　慌てて目を逸《そ》らす。私の傍《そば》を、颯爽《さっそう》と通り過ぎて行った。かっこいい！

その堂々とした姿をつい目で追ってみると、キアランの前で立ち止まった。

と思ったら、さっさと立ち去ってしまう。あの子、キアランすら眼中にないのね！

なんて印象的な子なのかしら。お友達になりたかったけど、声を掛けられないまま、ただ見送るしかできなかった。


再会の日は早く訪れた。

イングラム公爵家での武道大会。呆気《あっけ》なく負けてしまった。相手の子の気迫に押されて、実力も出せないままに。戦闘力では勝っていたはずなのに、この弱気のせい。

兄様達も私の心の弱さを心配して、一生懸命導こうとしてくれているのに、私もどうしていいか分からない。

そんな時に、あの子は現れた。相変わらずとても目立つ、けれども圧倒的に素敵な衣装。

その美しさと、何よりも強い眼差《まなざ》しに、みんな心を射抜かれた。

この子があの、悪名高いグラディス・ラングレーなの⁉

これは醸し出す雰囲気のせい？　人並外れた意志の強さ？　それとも頭の回転の速さ？

剣の一つも振るえない華奢《きやしや》な女の子が、私より強い兄様達を圧倒してる。

誰にも揺さぶられない、こんな強さがあるんだ。人の目なんて何も気にしない、自分を貫く強さ。

私も彼女のようになりたい。

その出会いから、私は戦闘に関してだけでも、自分の意志をはっきり表明するように努めた。兄様達も、これまでのように頭ごなしではなく、私の意見に耳を傾けてくれるようになった。きっと兄様達も、彼女との出会いで感じるものがあったのね。他人への影響力が尋常じゃないんだわ。

そして三度目の出会い。

強くなるためには、余計なことに気を取られている暇はないと思っていた私の思い込みを、グラディスは吹き飛ばした。直線上しか見えなかった視野が、突然に開けたよう。

彼女は言ってくれている。

私が選んでいいのだと。全《すべ》ては私の努力次第だと。

グラディスに背中を押されたら、家族相手にも勇気を出せる気がする。あんな風になれるなら、私は頑張れるわ。努力なら得意だもの。

ああ、そして今、私は憧《あこが》れのマダム・サロメにいる！

そこで更に驚く事実を知った。

友達になった私に、とっておきの秘密の話。彼女は、一族の資産をただ食《く》い潰《つぶ》すだけの浪費家じゃない。

私とは打ち込む分野が違うだけ。好きなものに対する信じられないほどの行動力。誰にも負けない情熱と才能を持ち、努力を努力だと気付かないほどにのめり込める人。

他人に何と言われようが、気にも留めずに。

「あの子の初めての女の子のお友達ね」と後でこっそりサロメさんが耳打ちしてきた。

お友達！　なんだか、頬《ほお》が熱くなる。私にとっても、初めての――。

私にはこの日、尊敬できる親友ができた。

第八章　授賞式

　とうとうお待ちかね、ジュリアス叔父《おじ》様の晴れの日がやってきた！

　家族揃《そろ》っておめかしして、会場内へ！

　私の今日のテーマは妖精《ようせい》。淡いピンクを基調として、花のモチーフとオーガンジーを多用したフワフワスカートのミモレ丈ドレス。ソニアが大人っぽい感じのデザインだから、かなり甘めのイメージに変更してみた。この丈は、まだまだ目立つんだよね。市井の方ではあっという間に広まったんだけど、上流階級ではもうひと頑張り必要。非公認広告塔として、精力的に切り込んでいかないと。

　毎年恒例のハーヴィー賞授賞式は、王都の中心から少し外れた国立森林公園に特設会場が設営される。散策やちょっとしたレクリエーションに最適、王都民の憩いの場。ただし今日だけはガッチリと警備で固められ、招待客と関係者以外の入場はシャットアウト。

　社交シーズンのため、王国中の名士が招待に応じている。ぶっちゃけ外周で目を光らす警備兵より、会場の招待客の方がぶっちぎりで強かったりするのが、この国のご愛嬌《あいきょう》ってとこだね。

　毎年サボりがちなトリスタンも、今回だけは引きずってでも連れて来た。まあ、今年に関しては再婚のこともあって、普段スルーしてるとこにまで顔を出してて大忙しなんだけど。イーニッドお義母様《かあさま》が傍《そば》でずっとフォローしててくれるから、大した失敗がほとんどないのが幸いなところ。

よく手入れをされた街路樹に挟まれた石畳を、中央の広場に向かって進んでいく。

広場に高さ一メートルくらいの壇が設置され、その下にはすでに大勢の招待客が溢《あふ》れていた。

雰囲気としては、一周目のニュースで見た園遊会みたいな感じだな。森林だけでなくアスレチックや人工湖まである広大な公園の中、偉い人が雑然と群れている。私もいずれアスリート枠で呼ばれたら、振袖《ふりそで》で出席するつもりだったのになあ！　たとえ死ぬほど似合わなくても、堂々と着られる貴重なチャンスだったのに！

私は予定通り、マックスのエスコートでトリスタンとイーニッドの後をついていく。おお、さすがは超有名人。モーゼのように人の波が割れて、あっという間に最前列へ。壇上のスタッフがすぐ目の前だ。

そしてここにたどり着くまでに会った大人、半分くらい知った顔だった。まあ、全部スルーだけど。

この最前列に至っては、上位貴族が占めてるから、ほぼ全員知ってる。

トリスタン達がギディオンと伯父さんのクエンティンに挨拶《あいさつ》に行った。

「これって、俺達なにしてりゃいいの？」

「もうすぐ授賞式が始まるから、それまではとりあえず付いて回るしかないよ」

マックスとひそひそ話し合う。大物ばかりが集まる大事な社交の場だけど、子供はおまけだ。

「式が終わったら、後は立食パーティーになるから、割と気楽に動けるよ。まあ、マックスは跡継ぎとして引っ張りまわされるの覚悟しててね」

「お前はどうするんだよ」

「適当にやってる」

「ズリー！」

「私には、今現在の貴族の流行を調査するという仕事があるの！」

「後付けだよな、それ」

「しっ、始まるよ！」

瞬時に、静寂が訪れる。来賓のご登場だ。

壇上に上がった国王のエリアス、王子のキアランが中央最奥に着席。それからそれなりの重鎮もその脇《わき》に並んで控える。かつては私もあの位置に立ってたわけだけども。ザカライアに代わって今そこに立つのは、現在の筆頭預言者。

筆頭がいるってことは、当然預言者は複数いるわけだね。

十年に一人か二人くらいは発見されるから、いつの時代も十人前後は王城に在籍することになる。大預言者が出るのは、これまでのパターンだと三百年に一人。それ以外の時代は、複数の預言者がチームを組んで国家を支える。

ザカライアがいた時代の預言者は、サポート的な立場に回った。主力は私であっても、修行と経験を積んだ優秀な預言者チームがお払い箱になるわけではなかった。

預言者の予言って、通常はそこそこ大規模で煩雑な儀式をした上で、やっと降りてくるもの。私のようにお手軽にはいかない。

だから懸案事項をリストにしておいて、原則週に一回儀式を行い、重要度の高い順から予言を導いていくというスタイルになる。ただし緊急事態の際には、国王の承認の下、即時の儀式開始も可能。

大預言者がいた時代も、そちらはそちらとして、二重体制で儀式は続けられていた。もし私がいなくなった時、何もできなかったり、知識と技術の継承が途絶えたりしたら、後々困るもんね。

百パーセント当たる予知。だからこそ、預言者はこの国で非常に大事にされる。ザカライア《私》の死後も、後輩達はしっかりやっているようだ。

おお、私の後釜《あとがま》はエイダか。まあ、順当だね。たしか私が死んだ頃《ころ》には、バルフォア生だったか。子供の頃から群を抜いた才能の持ち主で、私が特に目を掛けて育てた預言者候補だった。まだ二十代で筆頭になるなんて、やるじゃないか。

ちなみに偉い人がどっとこっちに来ちゃってるから、アイザックは王城でお留守番。


場が整ったところで式が始まった。

壇の横に控える受賞者一同が一人ずつ呼ばれ、その功績とともに紹介され、賞を授与されていく。

王国に対して貢献した研究者を讃《たた》えるための賞。毎年各分野に一人。脳筋ばかり優遇したら国が成り立たないから、頭脳労働者に対してもさすがにちゃんと正当な評価と対価は与えられる。

そして今年の農業分野の受賞者がジュリアス叔父様。

壇上にその姿が見えた瞬間から、御婦人方の歓声が広がる。

そーだろうそーだろう！　おっさんじーさんばかりの中、一人だけ若いイケメン！　しかもジャンルが地味な農業というギャップ！　目立たないわけがない。私の自慢の叔父様だ！

叔父様はいつものように、穏やかに微笑しつつ栄誉を受ける。

眉目秀麗《びもくしゅうれい》頭脳明晰《めいせき》、この落ち着いた優雅な立ち居振る舞いに加え、公爵の弟！　この場で何人のご令嬢を虜《とりこ》にしたことか！　私の審査は超厳しいぞ！　とりあえずオバ様達からのガードを固めるのが緊急課題だな！

内心で超ハイテンションの大騒ぎが止まらない。順番を待ってる間は長いのに、叔父様の持ち時間だけどうしてこんなに短く感じるんだ。もう終わっちゃった。早くない？　ああ、もう一回見たいなあ。ビデオカメラがあればいいのに。

気が抜けて、何気なく見上げた壇上で、筆頭預言者のエイダと目が合った。その瞬間、顎《あご》が外れそうな顔で見返された。おい、一応若い娘が壇上で何て顔してんだ。あんなきれいな二度見、初めて見たぞ。

っていうか、あれ、バレたな。

トリスタンの時に気付いたけど、人間離れした直観力の持ち主には、見抜かれちゃうらしい。エイダほどの才能なら、瞬時に理解してもおかしくない。

私は密《ひそ》かに人差し指を唇の前に立てた。それから間を置かず、下に向けた親指で、首を掻《か》き切る仕草で睨《にら》み付ける。

エイダは青い顔で慌てて目を逸《そ》らした。

よし、後で話を付けに行こう。

◆◆◆

授賞式も終わり、後は立食形式の社交パーティーになる。大半の貴族は、こっちの方が目的だ。食事をしながら談笑するもよし、パーティーの場を離れて散策するもよし、子供だけでまとまって遊ぶもよしだ。

受賞者の叔父様は、この後も当分解放されないらしい。

本当ならこの後すぐ、私だけソニアと合流するつもりだった。斬新なドレスをまとった、趣の違う美少女二人のきゃっきゃうふふを、ぜひアピールしてみたかった。

だけどその前に、片付けておかないといけないことがある。

イーニッドに渋々ながらも連れて行かれるマックスを激励とともに見送って、人混みからそっと離れた。

広場から少し離れれば、いつもの落ち着いた森林公園の風景が広がる。木陰の石畳を、人気のないほうに向かって、初めから目的地が決まっているような足取りで進む。

実際、向かう先は決まっている。

人の気配がすっかり消えても、更に奥に進んだところで、足を止めた。

「とんでもありません。さすがですね。何の打ち合わせもなく、待ち合わせができるのですから」

そこにはひときわ立派なローブ姿の、二十代後半程の女性。かつての教え子にして、弟子のエイダが待っていた。

「お久しぶりです。お師匠様。転生をお喜び申し上げます。まさか、ラングレー公爵家のあの悪名高い御令嬢がお師匠様だったとは。まさに、イメージ通りと申しましょうか」

王国の筆頭預言者が、小さな少女に恭しく礼を取る。この姿って、傍目《はため》にも見られたらヤバイんじゃないか？

「頭上げて。私のことは絶対に黙ってて。それを言うために会ったんだから」

「え⁉　い、いえ、しかし、それはっ……」

「私は、ただの貴族令嬢として人生送るつもりだから、邪魔しないでね」

きっぱりと言い付ける。でも、相応の立場の自覚を持つエイダは、素直には頷《うなず》かない。

「それは、国家の利益を棄損する行為です。筆頭預言者として、知った以上は、報告をしないわけには……」

「その報告をする方が、国家の利益の棄損になる行為だよ」

エイダの目の前まで歩み寄り、その目を皮肉げにのぞき込む。

「もし報告するというなら、私はこの国を捨てる」

「お師匠様⁉」

思ってもいなかった宣言に、エイダは目を見張った。

半分本気、半分ハッタリ。今まで築き上げてきた環境を捨てるのは辛《つら》い。家族とも離れ離れになってしまう。

だけど、結局王城に逆戻りすることになるなら、全部捨てるのと同じことじゃないか。

転生してまで、また二周目の人生を繰り返すつもりはないんだよ。

「私はね、今度の人生は自分のために生きると決めたの。また国家と他人のためだけに生きることを強いるなら、今すぐにでもこの国を捨てる。幸い資金はうなるほどあるし、私ならどこでだって生きていける。大預言者を神聖視しない国に亡命するのもいいかもしれない。たとえ文無しだろうが、私の力は無限の金になる」

かつての弟子の目を見上げて、にっこりと微笑《ほほえ》んだ。

「でも、もし黙っていてくれるなら、これから君が予言に困った時、いつでも手を貸そう。もちろん周囲には分からないように。全部君の手柄にすればいい。それとも、せっかく手に入れた筆頭預言者の地位を捨てる？　私は君より年下だ。上がれるチャンスは二度とないよ」

反応が揺れてる。もう一押し。

「全《すべ》てを失うのと、必要な時だけでも私の手助けが受けられるのとは、どっちが国家のためになる？　君の判断に任せよう。賭《か》けに、出てみるといい。この私との鬼ごっこに、君が勝つ自信があるのなら」

「……本当に、生まれ変わっても、全然変わってないんですね——ザカライア先生」

エイダが溜《た》め息《いき》をついた。よし、押し切った！

私に嘘《うそ》が通用しないことは、お互いよく分かってる。エイダは、何も気付かなかったことにする決断をしてくれた。

「困った時には教えを請いますよ？　これでも若くして筆頭になったことで、苦労してるんですから。お師匠様が相談相手になって下さったら百人力です」

「それはいいけど、絶対にバレないようにね？　身元が分かるような手紙なんて出さないでよ？」

「分かってます」

そこで、私達は言葉を切る。人の気配が近付いてきた。相手も、こっちの気配に気が付いている。明らかに只者《ただもの》ではない。不自然に慌てて離れるより、このまま自然さを演出しよう。

ボロ出すなよ、と目配せしたところで、その人物と遭遇した。

あー、また、教え子だ。

オルホフ公爵ロクサンナ。世間ではロクサンナ公爵の方が通りがいい。

南に領地を持つ、通称砂漠の公爵。ダークブロンドの長い髪を横に流した、琥珀色《こはくいろ》の瞳《ひとみ》の美人。王国中でアイドル並みの人気を誇る、五大公爵の紅一点だね。

「あれ～、エイダじゃない。こんな人気のないとこで何してるの？」

気さくに話し掛ける。そういえば二人はバルフォア学園で同級生だった。

「散策よ。自然の中はインスピレーションが湧《わ》くの」

エイダも当たり障りなく答える。

「その子は？」

「迷子《まいご》。広場へ戻る道を教えていたところよ」

ロクサンナは私を頭からつま先まで眺めて、面白そうに笑った。

「あなた、トリスタンのとこのお嬢さんね？　噂通り、とっても素敵ね。妖精《ようせい》みたい」

おお、さすがファッション通！　分かってくれるか！　今日のテーマは妖精なのだ！

「オルホフ公爵、お会いできて光栄です。グラディス・ラングレーと申します」

内心のサムズアップなどおくびにも出さず、令嬢の鑑《かがみ》かのような挨拶を返す。こう見えても礼儀作法は完璧《かんぺき》なのだ。見てくれればかり飾り立てても中身がお粗末なんて、グラディスの美意識に反するからね。エイダの死んだ目なんて気にしない！

「よろしく、グラディス。あなたもマダム・サロメのファンなの？　私もそうなのよ。だけど、今日のはちょっとお付き合いのあるところから提供されたドレスで、どうにも気が乗らなくて。最低限の式だけ顔を出して、さっさと帰るとこなの」

初対面の少女に、なんともダメな大人の事情を見せ付けるロクサンナ。まあ、気持ちは分かるけどね。珍しくいまいち似合わないドレスを着てると思ったら、仕事上の関係で仕方なくだったわけね。学生時代のこの子とは、よくオシャレ談議に花を咲かせたものだったけど、大人は大変だね。

ザカライアからヒネクレとワルノリと人の悪さを少しだけ抜いて、代わりに品の良さと落ち着きを少しだけ足したような子。あくまでも少しだけ。小型ザカライアというなかれ。何しろこの子なかなかの肉食だったから。それでも気は合ったけれども。

「マダム・サロメのドレスを着た公爵は、いつもとても素敵ですものね」

さりげなく追従と宣伝をかますと、ロクサンナは我が意を得たりとばかりに頷く。

「そうなのよ！　あそこのデザイナーは天才ね！　私が一番好きな服、一番似合う服を、私より完璧に把握してるのよ。サロメさんに会ってみたいって頼んでも、企業秘密だって会わせてもらえなくて。きっと有意義な話が聞けるのに」

ああ、満足してもらえてるようで、なによりです。これからも君の気に入るドレスを作ってあげるから、広告塔はよろしくね。

◆◆◆

ロクサンナと、マダム・サロメの素晴らしさについて思う存分語り合ってから、和やかに別れた。今の私でファッション談議に応じるのはあまり望ましくはないんだけど、まあ、基本大雑把な子だから大丈夫だろ。私も意識的にお高くとまったお嬢様モードだったし。

さりげなく来店を誘導しといたから、今行けばあの新作の数々が目に留まるはず。ふふふ、何点お買い上げしてくれるかな。

落ち着いた風景の中をぶらぶらしながら歩いて戻ったら、広場がすっかりパーティー会場に変わってた。

壇は片付けられて代わりに楽団と、ところどころに軽食の載ったテーブルが並ぶ。貴族ばかりの夜会と違って、招待客には平民の名士とか、子供もたくさんいるから、雰囲気も大分砕けた感じ。洋物の映画とかで見た、陽気で楽し気なフェスティバルみたい。堅苦しくなくてこっちの方が好きだな。

見回すと、ソニアはすでにいなかった。ロクサンナ同様、用事が済んだら、仕事の付き合いのある父親以外はさっさと帰されちゃったみたい。ホントにあの一族は身を律し過ぎだよね。もっと楽しんでけばいいのに。そんなだから、女の子なら当然のオシャレに、ソニアが罪悪感を持つようになっちゃうんだよ。

あの子のドレス姿が会場の注目を集めてるとこを、堪能したかったなあ。周囲の反応も、第三者的な立ち位置から観察したかったのに。いつもは私が注目される側だから、意外とそういう機会がないんだよね。

前のグラディスは興味のないことは全スルーだったけど、こういう堅苦しくないパーティーならぜひ参加したい。何の立場も責任もなく参加できるって、今思うとすごく気楽でいい。さすがに今日は家族で来たから、私一人で帰るわけにもいかないしね。

ところで、こういうパーティーで、子供はどう楽しめばいいんだろう？　この知り合いだらけの環境で、あまり悪目立ちするのも得策じゃないし。実際エイダにはバレちゃったもんなあ。まあ、あれはトリスタンと同じく特殊枠か。あんなのそうそういるわけがない。

知り合いだらけといっても、グラディスとしてはほぼ知人ナシ。

前世なら遠慮なく飲み食いに走ったけど、今はきちんと節制してる。完璧な素材をより完璧に仕上げるのだ！　パーティーの高カロリー料理なんて、恐ろしくて気軽に手が出せない。

広場の中央で、楽団の曲に合わせて踊る人達が目に入る。気取った感じじゃなくて、すごく楽しそう。パートナーがいれば、私の鍛えたダンスの腕が披露できるんだけどなあ。

誰か、知り合いいないかな。

「グラディス、一人か？」

きょろきょろしてたら、人混みを割って声を掛けてきてくれた人が！

相変わらず気遣いの人というか、キアランだった。私が一人だから、気に掛けてくれたんだね。

雑然とした様相のパーティーのおかげで、王子様だからと目立っている様子がない。きっと気付いてない人も多いね。キアランも気楽そう。

「キアラン、ダンスしよう」

「いいぞ」

出し抜けの申し込みにあっさり承諾。

おお、さすが王子様。慣れた様子でセットし、音楽に合わせて踊りだした。

ここでキアランにダンスを申し込んだのは、楽しむためよりも、この前の中途半端な別れ方が気になってたから。変なとこ見せちゃったもんな。誤魔化《ごまか》すなりとぼけるなり、ちゃんと決着付けないと、なんか落ち着かない。

「さすがにダンスで鍛えたと豪語するだけあるな」

踊りだしてすぐにキアランが褒めてくれる。

「キアランもね。リードがすごく上手だね」

お世辞でなく答える。本当に踊りやすい。そもそもいつも大人とばかり練習してるから、身長の釣り合う相手と踊ること自体珍しい。だけどそれだけじゃなくて、すごく呼吸を合わせてくれる感じがする。相手や状況をよく観察する性格だからかな。

踊るのが楽しくて、本題を忘れちゃいそう。もうこのまま有耶無耶《うやむや》でもいいかなあ。

「叔父君《おじ》の受賞、おめでとう」

「ふふふ、ありがとう。キアランは毎年臨席してるの？」

「今年からだ。参加する式典が年々増えてる」

「王子様は大変だね」

「だが、この授賞式は格式張ってなくていいな。父上に楽しんで来いと放り込まれた」

前回のことなど何もなかったかのような、何気ない世間話の応酬。

思わず私の方が痺《しび》れを切らしてしまう。

「この前のこと、どうして聞かないの？」

「触れられたくないから、ダンスに誘ったんだろう？」

ああ、ホントによく見てるなあ。完全に見抜かれてる。

「言いたくないことを無理に言う必要はない。ただ、心配にはなるが」

「心配してくれるんだ」

「そうだな。何があったら、人間がここまで変わるのだろうとは思う」

さらりと聞き捨てならない言葉が返ってくる。

私が変わった？

「それは、猫を被《かぶ》るのをやめたからでしょ？」

「本質的な部分のことだ」

「……」

何を言ってる？　まだ会った回数だって数えるほどなのに。基本的な行動や振る舞い方だって変えたわけじゃない。そもそも記憶覚醒《かくせい》前の私をろくに知らないはずなのに。

「どう、変わったと思うの？」

気になるから一応確認。見当違いに決まってるけど。

キアランは物静かなアメジストの瞳で、私の目を見返す。

「初めて会った日のお前は、心までがすごく自由に見えた。今は、そう見えない。行動は自由でも、心が不自由だ」

その言葉に、思わず息を呑《の》む。冷水をかけられたようだ。続きを、ただ無言で聞くしかできない。

「今のお前を見ていると、俺の剣の師匠に言われたセリフを思い出す。恐れや不安から目を逸《そ》らすなと。実体を持たないそれは、逸らしている間に、自分の想像力で際限なく大きくなってしまうから。目の前の事実だけをよく見定めて、冷静に対処しろと」

「……」

ああ、本当に……本当に君は、人をよく見ている。

この私に、アドバイスを？　何十年ぶりのことだろうね。涙が出そうだ。

「……っ⁉」

あれ？　なんだ、これっ……嘘《うそ》⁉

本当に、視界がぼやけ出してる。

咄嗟《とっさ》に、キアランの肩に顔を押し付けた。

◆◆◆

ダンスの足は止めないまま、キアランの肩に顔を埋《うず》める。

これじゃチークダンスだ。

だけど、今は顔を上げられない。

周りには陽気な音楽が溢《あふ》れてて、みんな楽しく笑ってるのに、それだけに余計、世界で自分一人しかいない気がしてくる。

キアランは黙ったまま受け入れてくれていた。

そういえば、人前で泣いたのなんて、いつぶりだろう？　少なくとも、二周目の覚醒以降、記憶にない。

キアランの忠告は、核心のど真ん中を正しく突《つ》いてる。

私がずっと目を逸らし続けてきたもの。考えても仕方がないと。

見ないでいる時間が長いほど、もう視線を送ることすらできないほどに、際限なく膨らんだ恐怖。

今を、目の前を、好きなことと楽しいことだけで埋め尽くしてきたのは、それ以外が入り込む隙《すき》間《ま》をなくすため。何かに夢中になって泳ぎ続けていないと、入り込んできた余計なものに足を掴《つか》まれて、溺《おぼ》れてしまいそうだから。

どんなに必死で、全力で逃げ続けても、それは私の少し後ろを、距離を保ってずっと付いてくる。振り切ることができない。

熱中はしても真剣になることはない。ただ面白おかしく今を生きるだけ、っていうのはきっと、本当に人間らしい生き方とは違うんだろう。でも、そこに目を向けたら、生きていける気がしなかった。

心の奥底に、ずっと張り付いたまま、引きはがせなかった思いがある。

——何故《なぜ》、私だけが、と……。

考えるのをやめて、目を逸らし続けて……これが今の人生なんだと、無理に自分に言い聞かせながら、実際にはまるで、ゲームのキャラクターを俯瞰《ふかん》で見ているかのような生き方……。会社を作って、お金を稼いで、仲間や家族を増やして、フラグを立てて……ホントにゲームをしてるみたいだ。私の心の一部分しか、そこには置いてないから。

全部適当でその場限りでいい加減。やりたいことだけやればいい。後のことなんて知らない。重苦しくてめんどくさい感情なんかいらない。深刻になんてなってたまるか。

だから私は、轢《ひ》き逃《に》げで殺されてすら、怒りも嘆きもしない人間なんだ。

異常だなんて分かってる。それでも、半分他人事《ひとごと》にでもしないと、きっと怖くて動けなくなる。

だけど三周目に入って、それはもっと重く、ひどくなった。

私はどうして三周目を生きているのだろう？

疑問を持った時に、当然のように気が付いた。

もしかしてこの先、四周目、五周目――もしかしたら、ずっとその先まであるのだろうかと。

怖くなって考えるのをやめたのに、キアランにガラテアの話を聞かされて、足元が崩れ落ちる思いだった。

――本当に、これは三周目？

六百年前の大預言者ガラテアは、まさか、私？

じゃあ、三百年前のデメトリアは？　それよりもっと先、六百年以上前の、この国の歴史が始まる前の時代は？

私は一体いつから私を繰り返していて、いつまで続いていくの？

無限に続いていく恐怖に苛《さいな》まれないためには、ただ、目を逸らすしかなかった。たとえどこかが蝕《むしば》まれていくとしても。

ああ、もう……キアランのせいで、結局シリアス面に堕《お》ちちゃったじゃないか。どうしてくれるんだ。

まだ、涙が止まらない。この先も、人生は続くのに。

「……今からでも、間に合うのかな……」

思わず、呟《つぶや》いていた。

ああ、私が誰かに相談するなんて。でも、どうしたらいいか分からない。顔を上げられない。責任を取れ、コノヤロウ。

ただ黙って私に付き合ってくれていたキアランは、問われて口を開く。

「少なくとも、直視し続けていれば、いずれ選択肢を見出《みいだ》せるはずだと。そうすれば、変化は起こせる……師匠の受け売りだが」

「その師匠って、誰《だれ》？」

「元王立騎士団長のダグラス・アッカーソンだ」

「……ぶっ！」

思いがけない名前過ぎて、シリアスなとこのはずなのに噴き出しちゃったじゃないか。

同級生だ。

学園時代、チートじみた私とギディオンに続く、常に万年三位の優等生。圧倒的な実力差にも決して諦《あきら》めることなく腐ることなく挑みかかり続けてきた。卒業するまで、あいつが私達に勝つことは一度もなかったけれど。

ああ、だけど、そうだね。あいつならきっと、辛いことでも現実を直視しながら、一歩ずつ進んでいたんだろう。そしてついには騎士団長にまでなった。卒業後の接触はほとんどなかったけど、噂《うわさ》はたまに聞いていた。

私が立ち止まってる間にもずっと、成長してたんだ。私以外のみんなが。

私も、地に足を付けて歩き出せるようになれるかな……？

キアランが言った通り、実体のないそれは、ほんの少し目を向けた今、肥大化が止まった気がする。少しずつでも見て、整理していって、いつか——この人生の終わりくらいまでには、受け止められるようになるだろうか。

もし四周目が来たとしても、新しい一歩を踏み出していけるように。

少なくとも、涙は止まっていた。

「師匠を、知ってるのか？」

私の反応に、キアランが当然の疑問を投げ掛ける。

「ううん。私は、会ったことないよ」

答えながら、やっと顔を上げられた。上げられるようになるまで、待っていてくれたことに感謝だ。

私が何とか気持ちを立て直したのも、その洞察力で分かったんだろう。黙ったまま、微《かす》かな笑みを返してくる。

「あ……」

目の前にあるキアランの肩が濡《ぬ》れている。王子様の礼服をハンカチ代わりにしちゃってた。

「ごめん、キアラン……」

「何のことだ？」

キアランが素知らぬ顔で言う。

ふふふ。いつかの逆だね。自然に笑顔が浮かんだ。

「ううん。何でもない」

閑話七　キアラン・グレンヴィル（友人）

その日のお茶会で、宰相のアイザックに課題を出された。

可能な限り多くの参加者と接触を持ち、顔と名前、その特徴を掴むこと。

将来、学園やその先のことを考えれば、悪くない機会だ。側近はともかく、婚約者候補も絞っておけという含みには、思うところがないわけでもないが。

ここにいる子供のほとんどは君を身近に知らないからじっくり観察するといいと、幼馴染《おさなな じ》みのノアから、愛用のウィッグを押し付けられた。

不実な気もするが、好奇心に負けて、言葉に従ってみた。

確かに周りの態度がいつもと違う。対等な立場から、相手の本質がよく見極められる。気さくな者、横柄な者、如才ない者。中には俺が王子と明らかに気付きながら、意図を理解して気付かない態度のまま接する者もいたりして、確かに将来傍《そば》に置く人間を下見するには最適な状況が作られていた。

けれど、女子に関しては気が乗らない。おじい様も父上も、学園を卒業後すぐに結婚した。そう考えれば、まだ八年も先のこと。お二人とも学園で相手を見付けた恋愛結婚だ。やはり、まだ焦る必要はないように思う。今はまだ、友人を増やせればいいだろう。

いずれにしろ俺が自由に動けるタイムリミットは、学園を卒業するまでだ。それまでは、自分を鍛える時間の方を優先したい。本来ならお茶会やパーティーより、エインズワースのお祖父《じい》様の下で、修行していたいのだが、これも公務と思えば仕方ない。

予備情報によれば、今回参加する中で、問題児は二人。ティルダ嬢とグラディス嬢。前者は派閥を作っての横柄な振る舞いが目に余り、後者は傍若無人で真正面からの対立を繰り返すという。

懸念は的中し、早速両者のトラブルが起こったとの報告。大人は介入しない手はずだから、俺が収めるしかない。

少し様子をうかがってみると、俺が割って入る必要性が見出せなかった。

正直区別が付きにくい少女の一団と、一線を画する異質な装いの一人の少女。

ティルダ嬢と取り巻きが、一方的にねちねちいじめている様に見えるが、相手の少女はまったく歯牙《しが》にも掛けていない。あれだけ言われているのに、本当に、欠片《かけら》も興味を持っていない。明らかにどうでもいい様子。

かと思うと、口を開けば流れるような悪意のない罵詈雑言《ばりぞうごん》で、たちまちティルダ嬢を泣かせ、面倒になったのか、さっさとその場を立ち去った。

まさに噂通りと言ったところか。

こちらに向かってくる。通り過ぎるのかと思ったら、俺の目の前で立ち止まった。間近からその青い瞳《ひとみ》で、真《ま》っ直《す》ぐに視線を合わせてくる。

見つめ合っている――と言えば聞こえはいいが、絶対に違う。すでに見飽きた、取り入るための媚《こ》びる目でもない。

この目は、まったく俺を見ていない。

まるで目の前の絵画や花を観賞するような……あくまでも俺の目だけを、物として見ているようだ。

よくここまで『人』に興味を持たないものだと、逆に感心すらする。

話し掛けたら、どんな反応をするのだろう。興味が湧《わ》いて、模範的な建前を口にしてみた。実際は、衝突の善悪を追及するつもりはなかったが。

悪びれも言いわけもしない、どこまでも真っ直ぐな返答。俺は一切相手にもされず、歩いていくグラディスを見送った。

自由――ただ、自由。

そんな印象を持った。誰にも束縛されず、己の欲するままに。あの振る舞いはきっと、誰が相手であっても変わらない。王だろうが媚びず、平民だろうと見下さない――ひたすら自分の価値観だけを信じる精神の自由。

俺には決してできない、羨《うらや》ましいほどの――。

現時点で、これだけは言える。もし、この場に俺の将来の結婚相手がいるとしても、グラディスだけはない。

あんな自由な人から、自由を奪うような真似《まね》はできないから。その代わり、友人にならなれるだろうか。俺に異性としての興味がなく、野心もない彼女なら。

二度目の出会いは、違和感から始まった。

街中での偶然の再会。

別人のようだと思った。

あれほど他人に興味のなかったグラディスが、俺達を――『人』を見ている。面識のない被害者の少女のことすらも。

一体何があったのだろうか。一人の人間が、これほどまでにガラリと変化するとは。

生き生きと、やりたいことを自由にやる姿勢や行動力は、変わっていないのかもしれない。ただし、内面が別物だ。前のままなら、興味を持たれるまでは時間がかかったかもしれないが、あっという間に友人になってしまった。

そしてその後の魔物騒動。

背後に護《まも》りながら、動揺の気配はわずかにも感じなかった。

防ぎ損ねた飛礫《つぶて》に焦って振り向けば、スカートを翻して、高く振り上げられた足が目に入る。

まずいと思う以上に、美しさに目を奪われた。正直に言えば、技にも、足にも。

明らかに戦闘などできない華奢《きゃしゃ》な肉体で、どうしてこんな動きを身に付けられたのだろう。

見たことのない動作ながら、まるで数十年の熟練を感じさせるような洗練された技術に見入り、はっと我に返った。

気まずく謝るが、気にした様子がまったくなかったことにほっとする。

そしてあの身のこなしに関しては、ダンスだと言い張る。

本当に謎だらけの少女だった。

三度目の出会いは、王城の演習場。

新しい義弟のマクシミリアンとは、従姉弟ということもあってとても仲がよさそうだ。マクシミリアンは俺を随分ライバル視していた。そんな心配は必要ないのだが。

訓練が終わり、一人待たされるグラディスの相手をしにいって、傍《そば》の毛虫に気付いた。見学中から相当気にして避けていたようだったから指摘したら、予想以上の過剰反応に驚いた。

怖いものなど何もなさそうなグラディスが、ここまで怯《おび》えるとは。

そして何気なく話題にしたガラテア様の話に、何故かひどく驚愕《きようがく》していた。問われるままに詳細を答えれば、顔色がどんどん蒼《あお》くなり、生気すら失いそうだ。

多分、グラディスの内面に関わるような話をしてしまったようだ。

その様子に、少し勘違いしていたことに気が付いた。グラディスは、『人』を見るようになったんじゃない。『自分』を見なくなったんだ。

初めて見た時のグラディスは、見たいものだけを見ていた。主観しかなかった。今は逆に、まるで客観しかないようだ。

前者なら珍しくもないが、後者は、正常とは言い難い。他人事《ひとごと》としてしか正視できないような何かが、心の奥深くにあるのかもしれない。

いつも自信に満《み》ち溢《あふ》れ、生き生きとしたグラディスが、崩れ落ちそうなほどに動揺していた。

幼い従弟《いとこ》をあやすようにしてみたら、しばらくぽかんとしてから、気を取り直せたようだった。

ただ、根本が解決したわけじゃない。強さと脆《もろ》さを、両手に抱えた危うさがある。気にはかかるが、深入りしては駄目なのだろう。有耶無耶《うやむや》なまま、その場は別れた。


あの中途半端な別れ方は、グラディスも気になっていたようだ。

今日の授賞式で見付けて声を掛けたら、ダンスに誘われた。

そこでつい余計なことを言ってしまったかもしれない。

俺の肩に頭を預けて、微《かす》かに震えながら嗚咽《おえつ》を漏らしている。

だが、心の整理を付けるには、泣くという行為も、必要な過程なのだと思う。

落ち着くまで、見守っていよう。脆くとも、強い人だから、きっと自分なりに答えを見付けるだろう。

少しして、上げられた顔は、どこか晴れやかに見えた。師匠との関わりは気になるところだが、今はいい。立ち直れたのなら。

それから俺の服を濡らしたことを気にするから、以前あったやり取りの再現で、とぼけて見せる。

グラディスは「何でもない」と、赤く泣き腫《な》らし《は》た目で笑った。

心臓が、跳ねた気がした。

エピローグ

今年の社交シーズンは、多忙を極めたまま、あっという間に過ぎた。

相変わらずのトリスタンは、全《すべ》てのスケジュールが終わるなり、その日のうちに単騎で領地に帰ってしまった。

イーニッドとマックスは、色々と後片付けをしてから、荷物を積んで馬車で帰る。

「王都は悪い虫だらけで心配だ。お前、ホントに気を付けろよ」

見送る私に、マックスがしきりに念を押す。悪い虫はたくさんいても、なかなか私には寄ってこないんだよ。心配するな。虫よけスプレーをしてるわけでもないのに、一体どういう仕組みなんだろうね？　ＨＡＨＡＨＡ。

そしてマックス達がラングレー領に帰ってから間もなく。

魔法陣生贄《いけにえ》殺人事件からちょうど一年後。ついに夏至の日がやってきた。

特別編　イーニッド・ラングレーの心配

私の目の前に、金と銀の天使がいます。

義弟のジュリアスさんが、姪《めい》のグラディスを連れて里帰り中なのです。

二歳になったばかりのグラディスと、一歳の息子、マクシミリアン。双子のように仲よく遊ぶ様子がとても微笑《ほほえ》ましくて、時が経《た》つのも忘れます。

グラディスは戦闘よりも、ジュリアスさんのように頭脳に優れた特質を持っているようです。

舌足らずながら、すでに完璧《かんぺき》に言葉を操ります。

まくちみゅ、まくちゅみりゅやん……しばらく格闘した後、まっくちゅと呼ぶようになりました。

なんて可愛《かわい》らしいのかしら。

ただ、一つ気になることもあるのです。

「まっくちゅ。くまちゃんとってきて」

「あいっ」

チェストの上にある手の届かないぬいぐるみを、運動能力に優れたマクシミリアンが取ってきて、グラディスに渡しました。

「まっくちゅいいこね。ちゃちゅがわたちのおとうとね」

「あいっ」

頭をなでられ手放しで褒められ、マクシミリアンも本当に嬉《うれ》しそう。グラディスは、マクシミリアンを本当の弟だと思っているようです。

しかも彼女の中の兄弟像は、ラングレー三兄弟が手本になっています。

「ランスロット。マクレガー家の姉妹が鬱陶《うっとう》しい。二度と俺に付き纏《まと》えないようにしとけ」

「分かりました、兄上」

トリスタンお義兄《にい》様の命令に、私の旦那《だんな》様が迷いなく応じます。

「ジュリアス。ゴードンのジジイがムカつく。報復手段考えとけ」

「了解です、兄上」

まだ十三歳のジュリアスさんも即答です。

学者や官僚を多く輩出する家で育った私としては少々理解に苦しむのですが、武門の家は大体このようなものだと、旦那様はおっしゃいます。

「ちたのこは、パチられるものなのよ」とグラディスが当然のように言っていましたが、パチられる——いえ、多分「パシられる」ね。それって、どういう意味なのかしら？　お願いを叶《かな》えてあげるということでしょうね、きっと。

グラディスはとても賢いけれど、魔力の素養が現れないことが懸念されています。一族としては、マクシミリアンに跡を継がせ、グラディスをお嫁さんにすることを望んでいるのですが、お義兄様もジュリアスさんも、歯牙にも掛けません。

グラディスの自由にさせると。

そうですね。私も、子供達の意志で自由に生きてほしいと思います。

ただ、マクシミリアンはグラディスが大好きなのです。

「まっくちゅ。きちぇかえをちゅるから、おにんぎょうをもってきて」

「あいっ」

喜んでパシられている息子を見ていると、そんな未来が来てくれることを願いながらも……でもちょっと怖いような……複雑な心境になるのです。

あとがき

初めまして。寿利真《ことぶきりま》と申します。この度は本作をお手に取っていただき、誠にありがとうございます。

学生の頃以来、しばらく小説からは、読むのも書くのも遠ざかっていましたが、一昨年《おととし》、小説投稿サイト「小説家になろう」様を知りました。ネット小説とは全くの無縁だったので、世の中いつの間にこんなことになっていたのかと驚きました。

ゲームや小説の世界、異世界転生、悪役令嬢、自重しないチートな主人公――知らなかったジャンルに、目からうろこが落ち、世間から随分遅れてすっかりハマってしまいました。

読み漁《あさ》っているうちに、自分も書いてみたくなり、書いたならやっぱり投稿もしてみたいとなりまして、考えるよりもまずはやってみようということで、今に至ります。

黙々と書くだけで、人に読んでもらう機会もなかなか持てなかった学生の頃と違って、気軽に発表できる場があるというのはやりがいがあります。興味を持ってくださった方からの反応は、何よりの励みになりました。

投げ出さずに続けられたのも、その上、書籍化のお話までいただけたのも、ひとえに「なろう」読者様のおかげです。皆様に、心より感謝とお礼を申し上げます。

ビックリマークを多用するハイテンションヒロインなので、こちらとしてはノリと勢いで楽しく執筆させてもらっているのですが、読者様からもうるさく見えず楽しんでいただけたら幸いです。

素敵なイラストを書いてくださった雪子《ゆきこ》様、そして拙作に声を掛け、初心者の私にご助力下さった担当のH様、本当にありがとうございました。

またいつか、皆様とお会いできることを、切に願っております。

お便りはこちらまで

〒102－8078
カドカワBOOKS編集部　気付
寿利真（様）宛
雪子（様）宛

カドカワBOOKS

大預言者《だいよげんしゃ》は前世《ぜんせ》から逃《に》げる
～三周目《さんしゅうめ》は公爵令嬢《こうしゃくれいじょう》に転生《てんせい》したから、バラ色《いろ》ライフを送《おく》りたい～

2019年6月10日　初版発行

著者／寿利真《ことぶきりま》

発行者／三坂泰二

発行／株式会社KADOKAWA

〒102-8177
東京都千代田区富士見2-13-3
電話／0570-002-301（ナビダイヤル）

編集／カドカワBOOKS編集部

印刷所／大日本印刷

製本所／大日本印刷

Printed in Japan
ISBN 978-4-04-073239-8 C0093

新文芸宣言

かつて「知」と「美」は特権階級の所有物でした。

15世紀、グーテンベルクが発明した活版印刷技術は、特権階級から「知」と「美」を解放し、ルネサンスや宗教改革を導きました。市民革命や産業革命も、大衆に「知」と「美」が広まらなければ起こりえませんでした。人間は、本を読むことにより、自由と平等を獲得していったのです。

21世紀、インターネット技術により、第二の「知」と「美」の解放が起こりました。一部の選ばれた才能を持つ者だけが文章や絵、映像を発表できる時代は終わり、誰もがネット上で自己表現を出来る時代がやってきました。

UGC（ユーザージェネレイテッドコンテンツ）の波は、今世界を席巻しています。UGCから生まれた小説は、一般大衆からの批評を取り込みながら内容を充実させて行きます。受け手と送り手の情報の交換によって、UGCは量的な評価を獲得し、爆発的にその数を増やしているのです。

こうしたUGCから生まれた小説群を、私たちは「新文芸」と名付けました。

新文芸は、インターネットによる新しい「知」と「美」の形です。

2015年10月10日

井上伸一郎